알고 싶지 않은 것들

Things I Don't Want to Know

THINGS I DON'T WANT TO KNOW
by Deborah Levy
Copyright © 2013, Deborah Levy. All rights
reserved. Korean Translation Copyright ©
2018, Emily Yae Won. This Korean translation
is published by arrangement with Deborah
Levy c/o The Wylie Agency (UK) LTD through
Greenbook Literary Agency.

알고 싶지 않은 것들

1판 1쇄 2018년 10월 10일 펴냄
1판 6쇄 2024년 7월 31일 펴냄

지은이 데버라 리비. 옮긴이/기획 이예원. 펴낸곳
플레이타임. 펴낸이 김효진. 제작 상지사.

플레이타임. 출판등록 2016년 10월 4일 제2016-
000050호. 주소 경기도 고양시 화신로 298, 802-
1401. 전화 02-6085-1604. 팩스 02-6455-1604. 이
메일 luciole.book@gmail.com. 블로그 playtime.
blog. 플레이타임은 리시올 출판사의 문학/에세이
브랜드입니다.

ISBN 979-11-961660-6-9 03800

알고 싶지 않은 것들

Things I Don't Want to Know

데버라 리비 지음 | 이예원 옮김

PLAY
TIME

모든 동물은 평등하나
개중에는 더 평등한 동물도 있다.

조지 오웰, 『동물 농장』(1945)

내가 어찌해서 작가가 됐는지는 대강 안다.
다만 어떤 뚜렷한 이유로 작가가 된 건지는 모르겠다.
존재하기 위해 난 진정 단어와 문장을 늘어세워야만 했나?
존재히고지 몇몇 책의 지지가 되는 것으로 충분했던 걸까?
……조만간 나도 실제를, 내 현실을 드러내기 위해
기필코 단어를 사용해야 하는 때가 오리라.

조르주 페렉, 「가을의 뇨키, 혹은 나와 관련된 몇 가지 질문에 대한 답변」(1972)

차례

첫째
정치적 의지

살아온 삶이 곧 너니까.
장-폴 사르트르, 『닫힌 문』Huis clos, 1944

그해 봄, 인생살이가 어지간히 고되고 내 신세와 전쟁하며
어디로 가야 할지 통 보이지 않아 막막해하던 때에, 나는 기
차역 에스컬레이터에서 유난히 많이 울었던 것 같다. 내려
갈 때는 멀쩡한데 가만히 서서 위로 운반되다 보면 감정이
북받쳤다. 느닷없어 보이는 눈물이 한번 터졌다 하면 바깥
바람이 스치는 에스컬레이터 꼭대기에 이를 즈음엔 목 놓
아 통곡하고픈 심정을 추스르느라고 안간힘을 쥐어짜야
했다. 그 무렵에 내가 스스로와 나누던 대화가 날 앞으로 그
리고 위로 실어 나르는 에스컬레이터의 추진력에 힘입어
물리적으로 표현되기에 이른 셈이었다. 발명 초기 '여행하
는 계단'으로도 '마법 층계'로도 알려졌던 에스컬레이터가,
불가사의하게도, 위험 지대가 된 것이다.

　기차를 타기에 앞서 난 읽을거리를 넉넉히 챙기기 시작
했다. 어느 기자가 잔디깎이 기계에 얽힌 해프닝을 풀어

놓은 신문 칼럼을 기꺼워하며 읽은 것도 이때가 처음이었다. 이런 유의 읽을거리에 심취할 때 말고는(내게 이는 마치 제에 쏘이는 것과 별반 다르지 않은 경험이었다) 가브리엘 가르시아 마르케스의 짤막한 소설 『사랑과 다른 악마들』*Del amor y otros demonios*, 1994을 주로 들여다봤다. 카리브해의 푸른 하늘 아래 해먹 침대를 드리우고 그 위에 누워 몽상에 잠기거나 잔머리를 굴리는 여러 등장인물 중에는 사랑을 받는 이도 있고 받지 못하는 이도 있는데, 사실 개중 유일하게 내 흥미를 끈 인물은 인생도 결혼 생활도 포기한 후작의 방탕한 아내 베르나르다 카브레라였다. 자기 삶에서 벗어나고 싶어 하는 베르나르다 카브레라는 노예-연인에게서 오악사카산 '마법의 초콜릿'을 소개받은 뒤 무아경에 빠져 지낸다. 그리하여 포대 단위에 달하는 막대한 양의 카카오빈과 꿀을 발효해 만든 술맛에 중독되기에 이른 그는 침실 바닥에 맨몸으로 누워 "자기가 뿜어낸 독가스 기운에 휘감긴 채" 한나절을 보내기 일쑤다. 열차에서 하차할 즈음이면, 하차해 내 마음부터 들여다보라고 (내 마음만 아니면 뭐든 읽고 살필 준비가 돼 있던 시기에) 재차 부추기는 에스컬레이터에 올라 눈물을 터뜨릴 즈음이면, 나는 어느새 베르나르다를 롤 모델로 여기고 있었다.

　이대로는 안 되겠다고 느낀 건 내가 화장실에 붙은 '골격 구조' 포스터에서 며칠째 눈을 떼지 못하고 있음을 자각하면서부터였다. 인체 골격계를 담고 그 내부 기관과 뼈에 일일이 라틴 학명을 붙여 표시한 그 포스터 제목이 내 눈에는 웬일인지 자꾸 '사회 구조'로 읽혔다. 난 결심했다. 에스컬레이터가 격렬한 감정 기계로, 나를 가고 싶지 않은 곳으로 실어 나르는 구조물로 둔갑한 이상, 내가 진정으로 그리고 실제로 가고 싶은 곳으로 데려가 줄 비행기표를 끊지 못할 이유도 없잖아?

사흘 후 나는 새로 산 랩톱의 가방 지퍼를 여미며 팔마데마요르카로 향하는 통로 쪽 22C 좌석에 앉아 있었다. 비행기가 이륙하고 나서야 지상과 하늘 사이에서 오도 가도 못하는 이 상황이 에스컬레이터를 타는 것과 닮아 있음을 깨달았다. 하필 우는 여자와 이웃해 앉는 불운을 누리게 된 옆자리 남자는 보아하니 한때 군 생활을 하다가 요즘은 해변에 누워 여생을 보내고 있는 사람 같았다. 나야 단단하고 각진 어깨와 볕에 탄 흔적이 매 맞은 자국처럼 들쭉날쭉 일어난 굵은 목덜미를 가진 터프 가이를 값싼 항공사 동무로 두게 되어 기뻤으나, 그렇다고 누구라도 날 위로하려 드는 것은 원치 않았다. 웬걸, 눈물 그렁그렁한 내 눈이 도리어 남자를 쇼핑 무아지경에 몰아넣은 듯했다. 승무원을 불러 맥주 두 캔을 주문한 남자는 이어 보드카 콕을, 콜라 한 캔을, 프링글스 한 통을, 즉석 복권을, 작은 초콜릿 바로 속을 채워 넣은 곰 인형을, 특별 행사 중인 스위스 손목시계를 잇따라 구매하더니만 또 다른 승무원을 붙잡고는 제비를 뽑아 항공사 이용 승객에게 무료 여행 기회를 주는 설문 이벤트 같은 건 안 하느냐고 물었다. 그러더니 구릿빛으로 그을린 팔을 뻗어 내 면전에 곰 인형을 들이밀었다. "설마 이 녀석을 보고도 기분이 울적하려고요." 곰 인형이 유리 눈알 달린 손수건이라도 되는 양 그가 말했다.

밤 열한 시가 다 되어 비행기가 팔마에 착륙했을 때 가파른 산길 위로 날 실어 나를 각오를 보인 택시 기사는 단 한 명뿐이었는데, 그의 좌우 두 눈에 걸쳐 흰 구름이 둥둥 떠 있던 걸 보면 앞마저 안 보였던 건지도 모르겠다. 택시 승차장에 이 차가 들어서자, 줄에 선 모두가 저 택시 기사가 도중에 차를 어디 들이받지나 않을까 내심 불안한 마음을 시인하고 싶지 않았던지 다들 못 본 체했다. 택시비를 협상하고 차에 오르자 기사는 도로에는 눈길 하나 주지 않은 채 손가락은 라디오 다이얼에, 시선은 발께에 고정하고 차를 모는 묘기를 선보였다. 그로부터 한 시간이 지나 그가 소나무가 줄지어 선 좁은 길로 벤츠를 살살 진입시키고 있는데, 이 길이 보기보다 한참 이어진다는 사실이 문득 기억났다. 용케 길 절반을 올랐을까, 기사가 불현듯 "노 노 노" 외치기 시작하더니 차를 멈춰 세웠다. 그해 봄 들어 처음으로 웃고 싶었다. 토끼 한 마리가 풀밭을 뛰어갈 동안 우리는 어찌해야 좋을지 모른 채 어둠 속에 앉아 있었다. 결국 나는 위험

천만하게 운전해 준 대가로 그에게 넉넉한 팁을 건네고는 어렴풋한 기억에 의지해 호텔로 이어질 성싶은 어둡고 긴 길을 오르기 시작했다.

아래 보이는 돌집 몇 채에서 피어오르는 나무 때는 냄새와 산에서 풀을 뜯는 양떼의 방울 소리, 딸랑이는 방울 사이사이로 묘하게 들이닥치는 정적 가운데 걸음을 옮기다 보니 느닷없이 담배가 피우고 싶어졌다. 이미 오래전에 끊은 담배였지만 다시 피울 작정을 하고 공항에서 에스파냐산으로 한 갑을 사 놓은 터였다. 길가에서 조금 벗어난 나무 발치의 축축한 바위에 자리를 잡고 앉아 랩톱을 정강이에 끼우고서, 나는 별빛 아래 불을 댕겼다.

소나무 아래서 싸구려 에스파냐산 담배를 피우며 앉아 있는 편이 에스컬레이터 위에서 마음을 추스르려 아등바등하는 편보다 월등히 나았다. 안 그래도 인생길을 헤매고 있던 시기에 정말로 길을 잃고 말았다는 사실이 묘하게도 나를 위안했고 그날 밤은 산에서 잠을 청해야 할지도 모르겠다고 생각하고 있던 찰나, 내 이름을 부르는 소리가 들렸다. 한순간에 여러 가지 일이 벌어졌다. 길에서 인기척이 들렸고 이어서 붉은색 가죽신을 신은 여자의 발이 다가오는 것이 보였다. 여자가 다시 내 이름을 외쳤지만 무슨 이유에선지 그가 부르는 이름을 나와 연결 지을 수가 없었다. 그때 손전등 불빛이 눈앞에 들이닥쳤고 나무 아래 바위에 앉아

첫째 정치적 의지

담배를 피우고 있는 나를 눈으로 확인한 여자가 "아, 거기 계셨구나"라고 말했다.

핏기 가신 그의 얼굴을 보며 정신 나간 여자일지도 모르겠다고 생각했다. 그러나 정작 정신이 나간 사람은 나임을 곧 떠올렸다. 이 여자는 기온이 영하로 뚝 떨어진 밤중에 해변에서나 어울릴 차림새를 하고 산벼랑 바위에 앉아 있는 나를 바위에서 내려오게 하려는 것뿐이었으니까.

"숲속으로 향하는 걸 봤어요. 길을 잃었나 봐요?"

고개를 끄덕이긴 했지만 내 얼굴이 여전히 혼란스러워 보였는지 그가 한마디 덧붙였다. "나 마리아예요."

마리아는 내가 묵을 호텔의 주인인데, 지난번에 만났을 때에 비해 훨씬 나이 들고 슬퍼 보였다. 아마 그도 날 보며 같은 생각을 했겠지.

"안녕하세요, 마리아."

난 바위에서 일어났다. "찾으러 와 줘서 고마워요."

우리는 침묵 속에 호텔로 향했고 도중에 마리아가 내가 어디에서 길을 잘못 접어든 건지 손전등 불로 짚어 줬다. 목적을 짐작할 수 없는 단서 수집에 나선 탐정처럼.

이 펜시온에 숙박 예약을 하는 사람들은 특정한 것들을 원한다. 감귤 과수원과 폭포가 가까운 조용한 숙소, 싸고 큰 방, 차분한 가운데 쉬고 생각할 수 있는 곳. 이곳에는 미니바도 텔레비전도 없으며 온수도 룸서비스도 없다. 관광 책자에 광고가 나간 적도 없고, 오직 입소문만으로 성수기마다 예약이 찼다. 난 20대 초반에 여기 처음 묵어 봤는데, 그 당시 나는 베갯잎에 넣어 다니던 스미스 코로나 타자기로 첫 소설을 쓰고 있었다. 그다음 30대 후반 들어 다시 찾았을 때는 한창 사랑에 빠져 있었고, '운반 가능한' 컴퓨터를 메고 왔다. 길쭉한 직사각형에 추가 패딩이 들어가고 마우스와 키보드용 주머니가 작게 달린 전용 가방을 따로 장만해야 하는 컴퓨터였다. 이 컴퓨터를 난 자랑거리로 여겼고 공항에서 산 전기 연장선으로 어느 호텔 방에서건 컴퓨터를 차려 놓을 수 있다는 사실은 더 큰 자랑거리였다. 짐 가방에 더해 운반 가능한 (곧 몹시 무거운) 컴퓨터까지 짊어지고 이 산길을 올랐던 그 바싹 마른 8월 오후, 난 짧은 파란색 면 드레스 차림에 걷기 좋은 스웨이드 신을 신고 있었으며 사람이 누릴 수 있는 최고의 행복에 겨워 있었다. 행복이 진행 중일 때 우리는 그때까지의 일은 깡그리 잊는다. 그 직전까지는 우리 인생에 아무 일도 일어나지 않은 양. 행복은 오직 현재 시제로만 발생하는 감각이다. 머잖아 내 애인 곁으로, 내 크나큰 사랑에게로 돌아갈 걸 아는 가운데 혼자인 게 나는 좋았다. 피자집 옆 옛날식 공중전화 부스에서 저녁마다 그이에게 전화를 걸었다. 땀 묻은 100페세타 동전 뭉치를 손에 그러쥐고 서서, 그이와 내 목소리를 연결해 주는 잔돈을 투입구에 굴려 넣으며, 지금부터는 오직 사랑, '위대한

첫째 정치적 의지

사랑'만이 내 삶의 유일한 계절이 되리라 믿었다.

그사이 사랑이 다른 것으로 변질되어 더는 알아볼 수 없게 되었던 반면, 펜시온 앞 테라스와 올리브 나뭇가지 아래 자리한 식탁과 의자는 변함이 없었다. 모두 예전 그대로였다. 화려한 장식의 타일 바닥. 고목 종려나무가 있는 안뜰을 향해 열린 묵직한 나무 문들. 위엄 있게 현관 홀을 차지하고 선 반들반들한 그랜드피아노. 회반죽 발린 차고 육중한 흰 돌벽. 내 방도 변함없기는 마찬가지였는데 다만 좀먹은 옷장 문을 열고 봉에 걸린 한결같이 굽은 네 개의 철사 옷걸이를 보는 순간, 그 모습이 버림받은 사람의 어깨를 닮았다는 쓸쓸한 인상을 받았다.

혼자 하는 여행에 잔뼈가 굵은 나는 숱하게 치러 온 익숙한 의례를 되풀이했다. 전선을 풀고, 핀 두 개짜리 유럽형 어댑터를 위태로이 꽂아 컴퓨터 전원을 켜고, 핸드폰을 충전하고, 짐에 넣어 온 책 두 권과 공책 한 권을 작은 책상 위에 가지런히 놓았다. 하나는 손때 묻은 『사랑과 다른 악마들』, 하나는 조르주 상드가 연인인 프레데리크 쇼팽, 그리고 첫 결혼에서 얻은 두 아이와 함께 겨울을 나며 기록한 『마요르카에서 보낸 겨울』*Un Hiver à Majorque*, 1842이었다. 이번에 가져온 공책은 '폴란드, 1988' 라벨이 붙은 공책이었다. 공책보다는 '내 다이어리'나 '내 일기장'이라고 부르는 게 더 낭만적일 듯도 하지만 나는 이걸 노트 북이라는 말

그대로 기록하는 책으로 여겼고, 당장은 짐작되지 않는 특정한 목적을 염두한 양 수시로 단서를 수집하던 내 버릇을 고려하면 아예 일종의 경찰수첩처럼 여겼던 건지도 모르겠다.

1988년에는 폴란드에서 기록을 남겼던 모양인데, 무슨 목적으로 그리했던가? 기억을 돕기 위해 어느새 나는 책장을 훌훌 넘기고 있었다.

1988년 10월, 나는 명성 높은 폴란드 배우 조피아 칼린스카가 연출한 연극에 대해 글을 써 달라는 청탁을 받았다. 칼린스카는 연극 연출가이자 화가이자 오퇴르인 타데우시 칸토르와 여러 작품을 함께 만들어 오기도 했다. 내 공책은 런던 히스로 공항에서 시작한다. 난 바르샤바행 비행기(로트 폴란드 항공사 편)에 탑승 중이다. 탑승객 대부분이 줄담배를 피우고 있고 여자 승무원 전원은 백금색으로 머리를 염색했다. 승무원들이 통로를 따라 트롤리를 끌며 열렬히 흡연 중인 승객들에게 정체불명의 '소프트드링크'(체리 주스?)가 든 회색 플라스틱 잔을 건네는 모습이 성가신 환자들에게 약물을 배급하는 적대적인 간호사들을 연상시킨다. 이 장면은 그로부터 20년 후 내 소설에도 등장했다. 단 내 소설에서는 로트 항공사 승무원들이 잉글랜드 켄트 소재 병원에서 환자들에게 전기 충격 요법을 시행할 인력으로 수입되어 온 리투아니아, 오데사, 키예프 등지 출신의 간호사 무리로 둔갑했다.

그렇다면 난 차후 이 소설을 쓰고자 그보다 20년도 더 앞선 시점부터 단서를 수집했던 걸까?

공책에 따르면 난 그새 바르샤바에서 기차를 탔다. 조피아 칼린스카가 거주하는 크라쿠프행 기차의 5번 차 71번 좌석이다. 여기서 나는 칸토르가 연출한 연극의 한 장면이래도 믿길 법한 광경을 목격한다. 한 군인 남자가 세 명의 여인, 동생과 어머니와 여자 친구와 작별 인사를 나누고 있다. 먼저 그는 어머니 손등에 입을 맞춘다. 이어 동생 뺨에 입을 맞춘다. 마지막으로 여자 친구 입술에 입을 맞춘다. 나는 이 장면 이외에도 폴란드 경제가 붕괴했으며 정부는 식재료비를 40퍼센트 인상했고 노바후타의 철강소와 그단스크의 조선소에서는 파업과 시위가 한창이라고 공책에 적는다.

요컨대 내 관심사는 (경찰수첩에 기록한 내용만 봐서는) 정치 파탄의 와중에 입을 맞추는 행위에 있는 듯하다.

이제 크라쿠프다. 조피아 칼린스카가 (무술巫術적 성향이 짙은) 목걸이를 두 개 두르고 연극 리허설에 나타난다. 하나는 탁한 터키석, 하나는 향쑥으로 만든 목걸이다. 향쑥을 재료로 한 물건으로는 또한 압생트가 있다고 나는 공책에 적는다. 고대 이집트 사람들은 향쑥을 와인에 재웠다가 갖은 우환을 치료하는 데 사용했다지 않나? 19세기 초반에는 프랑스 병사들에게 말라리아 예방이란 명목으로 회향과 그린 아니스가 입과 코를 압도하는 압생트를 투여했다고 도 읽었다. 병사들은 '초록 요정'의 맛에 푹 빠진 채 프랑스로 귀환했다. 말라리아 모기는 피했을지언정, 부상을 입고 환각을 헤매던 가운데 또 다른 날개 달린 존재, 곧 은유에 물리고 말았던 것이다. 조피아에게 목걸이에 대해 잊지 말고 물어보자고 나는 적는다. 조피아는 60대 초반으로, 유럽 유수의 아방가르드 극 무대에 배우로 선 바 있다. 그가 배우로 출연한 칸토르의 작품 「죽은 자들의 교실」Umarła klasa, 1976에서, 이미 죽은 것으로 짐작되는 등장인물들은 그간 잊고 지냈던 젊은날의 꿈을 다시금 떠올리게 만드는 마네킹들과 대면한다. 오늘 조피아는 서유럽에서 온 배우들에게 연기 지도와 조언을 하고 있다.

"형식이 내용보다 커선 결코 안 됩니다, 특히 이곳 폴란드에서는요. 이건 우리 역사와 관계돼 있습니다. 탄압, 독일, 러시아. 우린 감정이 넘치는 사람들이고 이를 창피로 여기죠. 연극 무대에서는 감정을 조심스레 다뤄야 합니다, 감정을 흉내 내선 안 돼요. 내 연출을 일컬어 '초현실적'이라고도 하지만 내 작품에 초현실적인 감정이라는 건 존재하지 않아요. 그렇다고 우리가 심리적인 연극을 표방하는 것도 아니지만요, 우린 현실을 모방하려는 게 아니에요."

그는 젊은 여배우에게 목소리를 키우라고 지시한다.

"목소리를 키우라는 건 크게 말하라는 뜻이 아니에요. 본인이 원하는 바를 소리 내어 말할 자격이 있다고 스스로 느끼라는 뜻이죠. 우리는 원하는 게 있을 때 기어이 주저하고 말죠. 난 작품에서 그러한 머뭇거림을 숨기지 않고 보여 주고자 해요. 머뭇거림은 일시적으로 멈추는 것과는 달라요. 주저한다는 건 소망을 물리치려는 시도예요. 하지만 여러분이 그 소망을 붙들어 언어로 표현할 준비가 되면, 그땐 속삭여 말해도 관객이 반드시 여러분 말을 듣게 돼 있어요."

이어서 조피아에게 새로운 발상이 떠오른다. 메데이아 역을 맡은 배우 의상이 잘못됐다고 그는 말한다. 메데이아는 자기 자식들을 살해했으니 배에 둥그렇게 구멍을 낸 드레스를 입어야 마땅하다는 거다. 조피아는 이건 시적인 이미지라고 설명하면서, 그렇다고 배우가 메데이아의 대사를 시구 읊듯 읊어서는 안 된다고 덧붙인다.

배우들을 대상으로 한 조피아의 연기 지침을 나부터가 글 쓰는 과정에서 줄곧 곁눈질해 가며 따라왔는지도 모르겠다는 생각이 문득 들었다. 내용이 형식을 능가해야 한다―그래, 이건 형식을 실험해 온 나 같은 작가에게는 전복적인 조언임에 분명했다. 그러나 형식 실험을 시도해 본 적이 없는 작가에게는 적절치 않은 지시였다. 바르샤바에서 마주친 군인이 제 어머니 입술에 입을 맞추고 여자 친구 손등에 키스했더라면 어떤 상황이 펼쳐졌을지 한 번도 궁금해 보지 않은 작가에게도 적절치 않은 지침이었다. 그래,

초현실적인 감정이란 존재하지 않는다. 감정을 표현할 때는, 감정이란 아방가르드의 경직된 윗입술을 공포로 떨게 만드는 것이기도 한데, 얼음같이 찬 목소리에 담아내는 것이 보다 효과적이라는 것, 이게 조피아가 한 말의 또 다른 요지이기도 했다. 나아가 픽션 작가가 자기 작품에 등장하는 인물들이 저희의 오랜 소망을 물리치고자 작품 속에서 동원할 만한 이러저러한 수법을 글에서 펼쳐 보이고자 할 때 시도해 볼 전략으로 말할 것 같으면—내게는 이러한 머뭇거림에 얽힌 이야기야말로 글쓰기의 요체인걸.

내가 마요르카 여행에 군이 폴란드 공책을 가져온 이유를 알 수가 없었다. 아니, 실은 알고 있었다. 공책 뒤표지에 내가 조피아에게 영어로 옮겨 달랬던 폴란드어로 된 식단이 두 개 적혀 있었던 것이다.

삶은 계란과 소시지를 곁들인 화이트 보르시 수프
으깬 감자를 곁들인 전통 헌터스 스튜
소프트드링크
혹은
전통 폴란드식 오이 수프
고기와 으깬 감자로 속을 채운 양배추 잎
소프트드링크

첫째 정치적 의지

그로부터 20여 년 뒤에 장편소설『헤엄치는 집』*Swimming Home*을 쓰면서 나는 이 두 식단을 소설 속에 집어넣었는데, 이 소설은 여전히 출판사를 찾지 못한 터였고 앞서 말한 로트 항공사 승무원들이 오데사 출신 간호사로 분해 등장하는 바로 그 소설이기도 했지만 이에 대해서라면 더는 생각하고 싶지 않았다. 나는 공책을 덮었다. 잠시 후에는 공책을 책상에 내려놓고 의자를 가지런히 정리했다.

다음 날 아침 여덟 시에 눈을 뜨자마자 고함 소리가 들려왔다. 청소부에게 언성을 높이는 자기 오빠에게 마리아가 덩달아 언성을 높이고 있었다. 남부 유럽에서는 너 나 할 것 없이 언성을 높인다는 사실을 그새 잊고 있었다. 문은 문짝이 떨어져라 닫히고 개들은 쉴 새 없이 짖어 대며 아래 골짜기에선 돌담을 쌓거나 헛간과 닭장과 울타리를 수리하는 소리가 온종일 울려 퍼진다.

그 위로 들려오는 소리가 또 있었다. 섬뜩할 정도로 익숙해 귀를 틀어막고 싶어지는 소리였다. 아침을 먹으러 테라스로 내려가는데 흐느끼는 여자 목소리가 들렸다. 허엉 엉엉. 그중에서도 유난히 늘어지는 음절이 있었고, 그때마다 호흡의 길이에 정비례한 설움이 실리는 소리를 난 듣고 싶지 않았다. 울음소리는 빗자루와 대걸레를 보관하는 테라스 바로 위 다용도실에서 들려왔다. 마리아가 세탁기 위에 고개를 파묻고 울고 있었다. 빈 테이블로 걸어가는 나를 보고 그는 등을 돌렸다.

10분 뒤에 마리아가 은 쟁반에 아침 식사를 들고 나타났다. 홈메이드 요구르트와 어두운 빛깔의 꿀이 든 작은 그릇, 따뜻한 롤빵, 넉넉한 잔에 든 향기로운 커피와 우유 저그, 레몬 조각을 띄운 생수 한 잔, 생살구 두 알. 식탁을 차릴 동안 그는 런던 생활에 대해 내게 일체 묻지 않았고 나도 그에게 마요르카에서의 삶에 대해 묻지 않았다. 오히려 마리아에게 시선을 주지 않으려 애쓰는 한편 내가 사실은 그도 나도 짐작할 수 없는 목적으로 단서를 수집하고 있는 탐정이라고 상상해 봤다.

가톨릭 전통이 강한 이 마을에서 마리아는 결혼하지도 아이를 갖지도 않은 몇 안 되는 여자에 속했다. 그러한 의례가 끝내 자신을 착취하고 말리라는 것을 알고 경계했던 것인지도 모르겠다. 어찌 되었건 마리아는 그와는 다른 종류의 사업에 마음을 쏟고 있었다. 감귤 과수원에 물을 공급하는 관개 시설을 설계한 것도 마리아요, 이 저렴하고 고요한 호텔의 분위기 또한 마리아가 설계한 것이었다. 홀로 여행하는 이들이 알음알음 모여드는 숙소로 이곳이 자리 잡은 것도 마리아가 수선 떨지 않으며 조용하고도 은근하게 '가족'으로부터의 도피처를 지어 낸 덕일 공산이 컸다. 제 살림집이기도 하나(마리아의 오빠는 배우자와 다른 곳에 살았다) 온전히 자기 소유이지는 않은 집―재정은 일체 오빠가 관리했다. 그렇다 해도 마리아는 결혼과 모성이라는 의례를 포함하지 않는 삶을 마련하고자 분투해 왔던 것이다.

나는 생살구의 달콤한 귤빛 살을 한입 베어 물며 학교 놀이터에서 마주치던 여자들, 나와 함께 아이를 기다리던 엄마들을 떠올렸다. 엄마가 된 뒤로 우리는 예전 우리 모습의 희미한 그림자가 되어 버렸고, 아이를 갖기 전까지만 해도 우리 자신이었던 여자들이 그런 우리의 뒤를 따라다녔다. 가는 곳마다 우리 뒤를 쫓는 이 맹렬하고 독립적인 젊은 여자들, 잉글랜드의 빗발 아래 유아차를 미는 우리에게 대놓고 소리치고 손가락질하는 이 여자들을 어찌해야 좋을지 우리는 알지 못했다. 응수해 보려고도 했지만 우리가 다만 아이들을 '얻은' 여자가 아니라는 사실을 설명할 언어가 없었다―실상 우리는 우리 스스로도 온전히 납득하기 어려운 존재로, 새로이 육중해진 몸과 모유로 찬 가슴을 지녔으며 아기가 울면 달려가도록 호르몬에 의해 설정된 사람으로 변신해 있었으니까.

우리의 집단 상상을 부단히 사로잡는 여성의 출산과 임신은 또한 신성함의 피난처로도 기능한다.……오늘날 모성에는 종교적 감정의 잔존물이 스미어 있다.
줄리아 크리스테바, 「오늘의 모성」 Être mère aujourd'hui, 2005

온 세상이 죽도록 상상해 온 '여자'가 '어머니'였다. 향수에 젖은 환상의 시선으로 우리 삶의 명분을 바라보는 이러한 현상을 재조율하기란 여간 어려운 일이 아니었다. 정작 우리부터가 어머니가 '무엇'이어야 하는지 온갖 활개 치는 환상을 품고 있었으며, 한술 더 떠 그에 못 미치거나 실망을 주고 싶지 않다는 욕망을 저주처럼 달고 있었다. '사회 구조'가 상상하고 정치화한 '어머니'는 망상임을 미처 납득하지 못했던 것이다. 세상은 어머니보다 이 망상을 더 사랑했다. 그런데도 우린 이 망상을 만천하에 까발리는 것에 죄책감을 느꼈으니, 이는 누구에게나 사랑받는 우리 아이들은 물론이요 우리 스스로를 위해서도 그간 발품 팔며 자력으로 마련해 온 틈새 영역이 자칫하다가 흙 묻은 우리 운동화 주위로 무너져 내리면 어쩌나 염려한 까닭이었다 ─ 게다가 이 운동화들마저 지구촌 도처의 노동 착취 공장에서 어린이 노예들의 손에 꿰매졌는지도 모를 일이었고 말이다. 도무지 영문을 알 수 없었던 점은, (어린이와 여성에게 결코 유리하지 않은) 남자들의 세계와 그 정치 질서가 우리가 아이들에게 느끼는 열정을 정말로 시샘하는 듯이 보였다는 것이다. 사랑과 관계된 만사가 그렇듯 아이들은 우리에게 헤아릴 수 없을 행복에 더해 그에 못잖은 불행을 안겨 주었는데, 그렇대도 21세기 '신가부장제'만큼 우리를 비참한 수렁에 몰아넣지는 않았다. 신가부장제는 우리에게 수동적

첫째 정치적 의지

이되 야심 찰 것을, 모성적이되 성적 활력이 넘칠 것을, 자기희생적이되 충족을 알 것을 요구했다. 즉 경제와 가정 영역에서 두루두루 멸시받으며 사는 와중에도 우리는 '강인한 현대 여성'이어야 했다. 이렇다 보니 만사에 양심의 가책을 느끼는 게 일상사였지만, 정작 우리가 무엇을 잘못했는지는 분명하지 않았다.

학교 놀이터에서 마주치던 여자들 중에는 기이한 말버릇을 보이는 무리가 있었다. 이들은 어린아이 수준의 낱말을 사용했는데 그렇다고 아이들이 만들어 내는 단어처럼 흥미로운 말들도 아녔다. 예컨대 끙끙 통통 징징이 방긋이 씩씩이 얌얌야채 훌쩍코 같은 낱말이었다. 이들은 자신이 '차브'chav라 부르는 노동 계급 엄마들과는 거북한 거리를 유지했다. 놀이터의 차브들은 돈을 덜 가졌고 교육도 덜 받았으며 초콜릿이며 감자칩같이 맛난 것은 더 많이 먹었다. 그리고 오 하느님, 눈 둘 곳을 모르겠더라니까, 같은 말을 했다. 저울질해 보면 실은 이 편이 훨씬 흥미진진한 말에 속했다.

오 하느님

눈 둘 곳을 모르겠더라니까

오 하느님 파가 언어적으로 윌리엄 블레이크의 영향 아래 있었다면, 징징이 방긋이 훌쩍코 파 입에서 나오는 언어는 다 컸다기보다는 덜 큰, 미성숙한 언어였다. 우리 모두

지칠 대로 지쳤으며 '사회 구조' 안에 간신히 확보한 새로운 틈새 영역에서 최대한 잘해 보겠다고 제각기 용쓰고 있다는 것을 알았기에 나는 어느 쪽이건 이 엄마들의 말에 멍하니 귀를 기울였다. 이런 상황에서는 우리 모두 조금씩은 이상해질 수밖에 없었으니까.

마침 그 무렵 읽고 있던 아드리엔 리치◇는 이를 정확히 짚어 냈다: "남성 의식 슬하의 제도 안에 진정으로 인사이더인 여자는 존재하지 않는다." 생각할수록 기이했다. 점차 나는 '모성'이 남성 의식 슬하의 제도임을 깨닫기 시작했다. 여기서 남성 의식은 곧 남성 무의식이었다. 남성 무/의식은 여자이자 또한 엄마이기도 한 동반자가 자기 욕망일랑 밟아 끄고 그의 욕망을 시중들기를, 그런 뒤에 다른 온갖 사람의 욕망을 시중들기를 요했다. 우리는 욕망을 거두어 보려 했고, 우리가 그리하는 데 탁월한 재능을 가졌음을 발견했다. 그렇게 우리는 우리 삶의 활력 가운데 상당량을 아이와 남자 들을 위한 집을 꾸리는 데 투입했다.

집이란 가족을 위한 집으로 아이와 남자 들을 두기 위한 곳이요, 그로써 제멋대로인 이들의 성향을 제약하는 한편 유사 이래 갈망해 온 모험과 도피로부터 그들의 주의를 돌리고자

◇ '에이드리언 리치'로 국내에 소개되어 왔으나 '아드리엔'으로 발음하는 것이 맞기에 바로잡아 표기한다.

첫째 정치적 의지

하는 곳이다. 집이라는 장소가 표상하는 이 사업, 아이와 남자를 위한 공통의 집결지를 모색하고자 하는 이 기상천외한 과제를 논함에 있어 최대 걸림돌은 이에 대한 여자들 본인의 까끄라기 하나 없이 매끈하게 마모된 사고방식이다.……여자가 짓는 집은 유토피아에 다름 아니다. 이를 꾀하는 시도, 다시 말해 가족 구성원들이 행복 자체보다도 행복의 탐색에 관심을 갖도록 분투하는 일을 여자는 주체하지 못한다.

마르그리트 뒤라스, 『살림살이』 *La Vie matérielle*, 1987

마르그리트 뒤라스만큼 무자비하게, 그리고 자상하게 이에 대해 논한 사람도 없다. 내가 읽어 본 어느 페미니즘 비평 이론이나 철학도 이리 깊이 사무치지 않았다. 마르그리트는 거대한 안경을 끼고 다녔고 자아도 강했다. 강한 자아가 있었기에 안경보다도 작았던 두 발로 여성성에 대한 망상을 거뜬히 짓밟을 수 있었던 것이다. 그러고는 만취했을 때가 아니고는 지칠 줄을 모르던 지적인 기력으로 이내 또 다른 망상을 박살 내려 발길을 옮겼다. 조지 오웰이 작가가 지녀야 할 필수 자질로 순 이기주의[에고이즘]를 언급했을 때, 그는 여성 작가의 순 이기주의는 염두에 두지 않았던 건지도 모르겠다. 아무리 교만한 여성 작가라도 12월까지는 고사하고 1월 한 달간이라도 버텨 줄 만큼 군건한 자아를 확립하러 나선 이상은 철야를 면할 도리가 없다. 뒤라스가 고군분투해 다진 자아가 나에게, 나에게, 나에게 말을 거는 소리가 계절을 막론하고 들려온다.

남자와 여자는 결국 다르잖은가. 어머니가 되는 것과 아버지가 되는 것은 동일하지 않다. 어머니가 된다는 것은 여자가 제 몸을 아이에게 내줌을 뜻한다. 언덕을 오르고 정원 안에 들듯 아이들은 여자 몸을 기어오른다. 그리하여 아이가 저를 먹고, 두들기고, 품에 안겨 잠을 취할 동안 여자는 이를 순순히 허용하고, 더러는 아이들이 제 몸에 올라타 있기에 잠이 들기도 한다. 아버지와는 이런 일이 일어나지 않는다.
그렇대도 여자들은 누군가의 어머니 또는 배우자로 존재하는 와중에 저희 나름의 절망 또한 분비하고 있는 것은 아닐까. 매일같이 이어지는 절망 가운데 자신의 왕국을, 전 생애에 걸쳐, 잃고 있는 것이 아닐까. 젊은 날의 포부와 강인함과 사랑, 이 모두가 순전히 합법적으로 주고받는 상처를 통해 깡그리 새 나가는 건 아닐까. 요는 이건지도 모르겠다 — 여자와 순교는 동행하기 마련이라는 사실. 나아가 이 세상엔 본인의 깜냥을, 각양각종의 기량을, 요리 솜씨를, 또한 덕목을 뽐냄으로써 충족을 느끼는 여자들이 널렸다는 사실.
뒤라스, 『살림살이』

여자란 그늘에 가린 검은 대륙이 아니라 외려 환히 밝혀

첫째 정치적 의지

진 교외에 가깝다고 뒤라스는 말하려 한 걸까? 모성이 여성의 유일한 기표라 친들, 품 안의 자식도 적절히 돌봄받으며 건강하게 자란 이상은 언젠가 우리 품에서 고개를 돌려 다른 이를 보리라는 걸 우리는 알지 않는가. 아이는 타인을 볼 것이다. 세상을 볼 것이고 세상과 사랑에 빠질 것이다. 어떤 엄마들은 자신을 무가치한 존재로 취급해 온 세상이 하필 자기 아이가 사랑하는 대상이 되고 마는 것을 보며 이성을 잃기도 한다. 여성성이란 교외는 썩 살기 좋은 동네가 아니다. 그렇다고 자녀에게서 피난처를 찾고자 하는 것도 현명하지 않기는 마찬가지다. 아이들은 언제고 다른 이를 만나러 세상으로 나아가고 싶어 하기 마련이니까. 그래, 나만 해도 코트 지퍼를 여며 주느라고 문을 나서는 내 딸아이들을 여러 번 불러 세우지 않았던가. 걔들이야 차라리 춥고 자유로운 편을 선호한다는 걸 몰랐던 것도 아니면서 말이다.

내가 모성 본능과 사랑의 가치를 인정하려 들지 않았다는 비판도 있었다. 아니다. 난 단지 여자들에게 진실하게 그리고 자유로이 이를 겪어 달라고 요청했을 뿐이다. 종종 그렇듯 구실 삼아 그 안으로 도피했다가 막상 그 감정들이 고갈된 뒤에야 피난처로 여기던 곳에 자신이 갇히고 말았음을 깨닫는 대신에 말이다.

시몬 드 보부아르, 『상황의 힘』 *La Force des choses*, 1963

놀이터의 징징이와 투덜이 파를 나는 해골 보듯 보기 시작했다. 스팽글 장식 단추가 붙은 파스텔색 카디건을 입은 해골. 반면 오 하느님 파는 추리닝 입은 해골이었다. 이리도 법의학적이고 명청한 방식으로 놀이터를 부자 해골과 가난한 해골로 가르는 '사회 구조' 안에서 우리는 하나같이 거북함을 느꼈다.

　나와 안면이 있는 엄마들 중에는 징징이와 투덜이 파 엄마들이라면 꿀꿀이 눈이라고 부르고도 남았을 정도로 눈이 작은 엄마가 하나 있었다. 크기가 작다기보다는 두골 안으로 숨고 싶은 듯이 보이는 눈이었다. 놀이터에서 이 엄마와 마주칠 때면 시선을 돌리려 애썼지만 나도 모르는 사이 다시 그를 빤히 쳐다보고 있기 십상이었다. 작디작은 문구멍과도 같은 그의 두 눈이 내 시선을 피해 꼼지락거리는 때가 있었다면 이는 대개 카리스마 넘치되 완력가인 자기 남편이 제 일생일대의 사랑이라고 굳이 (그리고 드물게) 주장할 때였다. 그러나 실정은 오히려 남편의 사랑이 그를 그 자신의 인생 밖으로 내몬 꼴에 가까웠다. 그런 그를 보며 속으로 그래, 상황이 어떻건 증오심을 사랑으로 착각하지는 말자고 다짐했던 기억이 난다.

　내 눈에는 이 엄마가, 자기가 흉내 내고는 있으나 그렇다고 막상 자기 것이라고 주장할 권리는 없는 남성 의식에 기반한 목소리로, 본인은 바보 천치들(즉 나 같은 사람)과는 상대하지 않는다고, 본인은 나름의 원칙과 소중한 가치가 있는 사람이라고 스스로에게 이르는 듯 보였다. 제일 혼란스러웠던 지점은 정작 저 자신부터가 남편의 참여라곤 전무한 상태로 혼자 아이들을 키우다시피 해야 하는 처지이면서, 놀이터 반대편에 선 싱글 맘들을 제 남편을 대신해 조롱하고 재단할 자격이 있다고 생각한다는 점이었다. 이 엄마가 자기 남편이 내세우는 가치와 기준을 복화술 쓰듯 되읊는 것을 듣고 있노라면 제정신을 잃다 못해 아예 넋이 나간 것 아닐까 싶을 정도였다. 아무튼 영 호감이 가지 않는 사람이었는데, 그럼에도 난 그를 차츰 정치 수감자로 간주하기 시작했다. 두 눈이 머리통 깊숙이 숨어들려는 것처럼 보이는 것도 어쩌면 본인이 맹목으로 동조하는 현실이 자칫하면 자기를 살해하고 말지도 모른다는 사실을 직시하기 싫어서가 아닐까 싶었다.

그러는 내 눈은 어떻고? 에스컬레이터만 탔다 하면 단숨에 그렁그렁해지는 내 눈도 내 처지를 애써 외면하고 있기는 마찬가지였지만 오 하느님, 달리 눈 둘 곳을 알았어야지.

어느새 마당을 비질하고 있는 마리아의 돌아선 등에 둘 수도 없는 노릇이었고 말이다.

마르케스의 소설에서 바람난 아내 베르나르다 카브레라를 그리도 깊은 중독에 빠뜨렸던 퓨어 초콜릿을 찾아보려 나는 마을의 가게에 들렀다. 신기한 건 정말로 찾았다는 것이다. 좀 더 낯익은 사탕류 옆에 보란 듯이 누운 '초콜라테 네그로 엑스트라피노: 카카오 99%' 초콜릿. 재료: 카카오, 아주카르. 심지어 겉 포장에 이 초콜릿은 '인텐시다드'하니 주의하라는 말까지 적혀 있었다. 이 가게의 주인은 원래는 상하이가 고향인 품위 있는 중국인 남자였다. 내가 그를 알고 지낸 동안은 언제고 계산대 뒤에서 뿔테 안경을 콧등 중간쯤 걸치고 책을 읽고 있었다. 어느새 머리가 희끗희끗해진 그와 나는 잠시 별 내용 없는 인사말을 나눴다. 안녕하셨어요, 네 이맘때는 관광객이 드뭅니다, 그래요 많이 춥죠, 기상예보에선 눈이 올지도 모른다 하던데, 오늘은 뭘 할 계획인가요?

나는 조르주 상드와 프레데리크 쇼팽이 1838~1839년 겨울을 보낸 수도원을 구경하러 이웃 마을까지 걸어가려던 참이라고 대답했다.

그러자 그는 미소를 지었는데 실은 코를 찡그린 것에 더 가까웠다. 아 그래요. 호르헤 산드. 마요르카 사람들은 그를 썩 좋아하지 않습니다. 남자 옷을 입고 다닌 것도 그렇고, 마요르카인을 일컬어 사람보다도 돼지를 더 선호하는 이들이라고도 했지요. 아니요. 호르헤 산드는 와인 한 병 같이 나눠 마시고 싶은 그런 여자가 아니에요. 이 말에 난 웃었지만 내가 뭣 때문에 혹은 누구를 보고 웃는 건지 종잡을 수가 없었다. 초콜릿 값을 치르고 나서 나는 뒤늦게 마리아를

첫째 정치적 의지

떠올리며 99% 카카오 초콜릿을 하나 더 샀다.

조르주 상드는(실명은 아망틴 루실 오로르였지만) 온종일 커다란 시가를 피워 가며 하루를 버티곤 했다. 시가에라도 의지해야 나사렛 예수 카르투지오회 수도원의 음울함을 견딜 수 있었겠지 싶다. 시든 꽃이 널리고 고뇌에 찬 성인들의 목상이 벽감마다 숨어 있는 곳이라 아이들을 데리고 살거나 열애를 하기에는 영 불길해 보였다. 하지만 관광 책자에 따르면 상드로서는 이곳에 방을 얻는 방법밖에는 달리수가 없었다는데, 이는 결핵 진단을 받은 쇼팽에게 숙소를 내줄 엄두를 낸 사람이 없었던 까닭이었다. 그런 와중에도 상드가 아이들을 생각해 쾌활함을 잃지 않으려 애쓰는 한편, 신세를 한탄하며 눈물로 인생을 낭비하는 대신 쇼팽의 바지를 꿰입고 책상에 앉아 계속 글을 썼다는 사실이 존경스러웠다. 이 생각에 힘찬 걸음으로 수도원을 나선 난 아몬드나무 사이를 지나 절벽 너머에서 격하게 포효하는 은빛 바다로 향했다.

파도가 바위에 부서지고 바람에 손이 곱을 동안 나는 무슨 일이건 벌어지길 기다렸다. 계시를 기다렸던 건지도 모르겠다. 알맹이까지 날 뒤흔들 거대하고 심오한 뭔가를. 하지만 아무 일도 일어나지 않았다. 아무 일도. 그 대신 내 욕실에 걸린 '골격 구조' 포스터, 내가 자꾸 '사회 구조'로 제목을 오독했던 포스터가 떠올랐다. 그다음으로 마리아네 홀에 놓인 침묵하는 피아노가 떠올랐다. 매일 반들반들 광만 내고 누구 하나 치는 적이 없는 피아노. 왜 하필 그 피아노에 집착하게 된 건지는 몰라도 어쩐 일인지 자꾸 신경이 쓰였다. 실은 그날 아침에도 계단을 내려오면서 피아노 쪽으로 눈길을 돌리지 않으려 애를 써야 했다. 나는 그간 내가 바라고 희망했던 온갖 것을 떠올리며 소리 내 웃었다. 잔인하게 귓가를 울리는 웃음소리에 죽고 싶었다.

　그날 저녁, 마요르카의 추운 밤을 무사히 날 수 있게 이불 한 채를 더 달라고 마리아의 오빠에게 요청했으나 영 적대적인 그는 내 말을 못 알아들은 척했다. 골짜기 여기저기에서 나무 지피는 냄새가 나는 것으로 봐 집집마다 한창 불을 때고 있을 게 뻔했는데, 아니나 다를까 비수기에도 유일하게 문을 연 식당을 찾아가 보니 벽난로에 불이 활활 타고 있었다. 나는 그 옆의 테이블로 향했다. 잠시 후 웨이트리스가 달려와 여긴 3인용으로 세팅해 둔 자리라 저어어얼대 혼자 앉을 수 없다고 말했지만, 그새 마리아 오빠에게서 배운 수를 써서 못 알아들은 척 굴었다. 그러자 옆자리에 모자와 코트, 보행화까지 쌍으로 맞춰 입고 앉아 있던 독일인 커플이 나서서는 웨이트리스가 하는 말을 독일어와 포르투갈어로, 그도 안 통하자 러시아어처럼 들리는 말로 옮기기 시작했다. 초인적인 집중력을 발휘해 차림표를 들여다보며 열난 웨이트리스와 열의에 찬 이 어학자 커플의 말에 성가

첫째 정치적 의지

신 듯 고개를 끄덕이고 있던 참에 문득 저쪽 바에 앉아 있는 중국인 가게 주인이 눈에 띄었다. 나를 본 그가 손을 흔들더니 내 3인용 식탁으로 건너왔다.

그래, 호르헤 산드 같은 방탕하고 무례한 여자를 만난 게 여전히 마요르카인의 행운이었다고 생각하나요, 그가 물었다.

나는 그렇다고, 상드를 만난 건 그들에게 행운이었고 이 난롯가 자리에서 막 쫓겨날 참이었으므로 나로서도 당신을 만나 행운이라고 답했다. 그는 의자에 앉으며 산드가 누구나 다 버터로 요리하는 프랑스의 세련된 식문화권에서 왔다곤 해도 싸구려 기름으로 요리한다는 이유로 이곳 농민을 조롱한 건 옳지 않았다고 설명했다. 이 말을 할 때는 에스파냐어보다도 중국어 억양이 더 강하게 배어 나왔다. 난기류라도 만난 비행기처럼 갑자기 목소리의 고도가 달라졌다. 나는 그에게 내 3인용 식탁에서 와인 한 병을 나눠 마시지 않겠느냐고 초대했다.

우리는 먼저 수프에 대해 이야기를 나눴다. 중국 수프는 이제 어떻게 만드는지조차 기억나지 않는다고 그가 말했다. 그는 아주 오래전 열아홉 살의 나이로 파리행 배에 몸을 싣고 상하이를 떠났고, 파리에 도착해서는 생선 가게에서 일했다고 했다. 13구역에 있던 달셋방은 그가 매일같이 요리해 먹던 게와 새우 냄새로 진동했고, 이에 집주인은 보통

땐 지린내가 나던 방이라면서—파리라면 응당 그래야 한다는 듯—의아해하더라고 그는 덧붙였다. 유럽은 불가사의하고 사람의 넋을 빼는 곳이었다. 새로 언어를 배우고 월세도 벌어야 했지만 그때까지와는 다른 방식의 삶을 시작한 셈이었기에 매일 신바람이 났다고 그는 말했다. 요새야 관광객을 상대로 칼초네나 브라트부르스트를 팔면서 사는데, 그때에 비하면 지금이 더 풍족하긴 하지만 달리 기대할 만한 일이 과연 남아 있기나 한 걸까요? 내 답을 바라는 것 같았지만 난 그 질문에는 답하고 싶지 않았다. 그는 와인을 한 모금 홀짝대고는 잔을 수술대에라도 내려놓듯 반듯하게 내려놓았다. 그러더니 팔을 뻗어 곧게 편 두 손가락으로 내 팔을 톡톡 쳤다.

"당신 작가 아닌가요?"

이건 엄밀히 말해 솔직한 질문이 아니었다. 그로부터 이미 몇 년 전, 그가 물방울이 몽글몽글 맺힌 치즈를 관광객에게 판매하려고 계산대에 진열해 놓고는 그 뒤에 앉아 내가 쓴 책을 읽고 있는 모습을 얼핏 본 적이 있었으니까. 그러니 내가 작가란 걸 이미 알고 있을 테고, 그렇다면 과연 뭐가 알고 싶어 이 얘기를 꺼낸 거냐. 그가 실은 다른 걸 묻고 있는 느낌이었다. 하기야 나부터가 실은 다른 걸 묻고 있는 건지도 몰랐다. 에스컬레이터만 탔다 하면 눈물이 나는 이유를 여전히 간파할 수가 없었으니까. 그래서인지 그가 "당신 작가 아닌가요?"라고 물었을 때 내 머릿속엔 새삼스레 욕실에 붙은 골격 구조 포스터가 떠올랐다. 당장 내 몸의 골격 구조만 놓고 봐도 사회 구조 안에서 자유로이 활보할 방법을 확보한 건지 아직 확신할 길이 없었다. 밤중에 혼자 찾아간 한적한 식당에서 자리를 잡기조차 이리도 까다롭지 않았던가. 내가 조르주 상드였다면야 피우던 시가를 바닥에 내던지곤 6인용으로 세팅된 식탁에 보란 듯이 앉아 큰 소리로 통돼지 구이와 최고급 레드 와인 뒷병을 시켰을 거다. 하지만 나는 그런 극적 행동은 원하지 않았다. 그 반면에 전날 밤, 자정이 다 돼 숲속으로 걸어 들어간 건 내가 진정 원해 한 일이었다. 호텔로 가는 길목을 놓쳐 길을 잃은 건 사실이었지만, 한편으론 그다음에 무슨 일이 벌어질지 두고 보고 싶은 마음에서 길을 잃고자 했던 것도 같다.

　"당신 작가 아닌가요?" 가게 주인의 이 질문에 난 여전히 대꾸를 않고 있었다. 그해 봄, 인생살이가 어지간히 고되고 어디로 가야 할지 통 보이지 않던 때에, 네 또는 흐으음이라고 대답하기가, 심지어는 고개를 끄덕이는 것조차 불가능했다. 속을 밝히기가 멋쩍었던 거지 싶다. 설사 대답했더라도 실로 장황한 대답이 됐을 터다. 예컨대: "여성 작가가 문학적인 고찰 (혹은 숲속) 한가운데로 여성 등장인물을 진입시켰는데 이 인물이 예상치도 못한 주변의 온갖 명암을 드러내기 시작한다 쳐요. 이때 작가는 언어를 새로 발굴해 내야만 하는데, 이 언어란 그 스스로 망상이 아닌 주체가 되는 법을 배우는 과정, 그리고 애초 '사회 구조'가 그를 직조해낸 방식의 매듭을 풀어헤치는 과정과 관련된 언어일 수밖에 없어요. 이러한 과정을 시도할 때 작가는 몹시 신중하게 움직여야만 해요, 본인부터가 이미 여러 가지 망상을 지니고 있을 테니까요. 실은 신묘하게 접근하는 게 가장 좋은지 몰라요. 작가가 되는 법을 배우는 것만으로도 벅찬데, 그에 더해 주체가 되는 법을 터득하기란 무척이나 어렵고 진 빠지는 일이랍니다."

이런 생각들을 어떻게 이어 엮어야 좋을지 알 수 없었고, 한편으론 이 모든 걸 (또다시) 고민하느라 내 인생을 1초도 더 허비하고 싶지 않은 절박감도 있었다. 그래서 난 이 생각들을 곧 내리 닥칠 파도처럼 공중에 붕 띄워 둔 채로 방기했고, 그렇다 보니 중국인 가게 주인의 질문에는 여전히 답을 하지 않은 상황이었다.

그가 다시 내 팔을 톡톡 쳤다. 그러곤 잔에 와인을 따라 주었다. 맑고 자상한 눈이었다. 이야기를 계속해 보라고 격려하는 표정이었고 더욱이 네 혹은 아니요, 그도 아니면 심지어 흐으음 하고 말을 흐리거나 어깨를 들썩이고 마는 것보다는 되레 긴 이야기를 바라는 눈치였다. 그렇다면야 에스컬레이터만 탔다 하면 눈물을 흘리는 내 버릇에 대해 털어놓아 밑질 것도 없겠거니 싶었다.

첫째 정치적 의지

당신도 알다시피 난 에스파냐어를 할 줄 알고 프랑스어도 합니다. 그가 내게 말했다. 하지만 영어는 썩 잘하지 못하죠. 당신은 중국어를 할 줄 아나요?

아니요.

프랑스어나 에스파냐어는요?

아니요.

아니, 당신네 영국인은 어째서 할 줄 아는 말이 없는 겁니까?

그건 사실이에요, 내가 말했다. 하지만 나도 실은 순전한 영국인이 아니란 거 아세요? 이 말에 그는 놀라는 눈치였고 옆에서 우리 대화를 엿들으며 매서운 눈을 뒤룩뒤룩 굴리던 웨이트리스도 놀란 얼굴을 했다. 그의 다음 질문은 당연히 그럼 어디서 태어났는데요, 였다. 나는 중국인 가게 주인에게 내가 태어난 곳에 대해 영어로 이야기하기 시작했는데, 여러분이 지금부터 이어서 읽게 될 내용까지 다 늘어놓았는지는 잘 모르겠다.

오늘날까지 있어 온 위대한 철학들이 다 무엇이었는지를
차츰 이해하게 됐다. 이는 곧 저자 각각의 자백이요
일종의 무자발적이며 무의식적인 회고에 다름 아니다.

프리드리히 니체, 『선악의 저편』 Jenseits von Gut und Böse, 1886

1 요하네스버그, 1964년

인종 분리 정책이 횡행하던 남아프리카공화국에 눈이 내
린다. 얼룩말 위에도 내리고 뱀 위에도 내린다. 아빠 안경에
도 눈이 흩날려 한순간 두 눈이 보이지 않는다. 난 다섯 살
이고 눈이라면 그림책에서만 봐 왔다. 아빠가 내 손을 잡고,
우리는 살구나무를 가까이서 구경하려고 붉은색 포치 계
단을 내려가 정원으로 향한다. 살구나무는 얼음 결정에 뒤
덮여 있다. 우린 눈사람을 만들 계획이다. 장갑도 따뜻한 목
도리도 없지만 그럼 어때, 대신 서두르자, 아프리카에 눈이
내리는 날은 많지 않아, 라고 아빠가 말한다.

먼저 몸통을 만든다. 기적에 가까운 요하네스버그의 눈
을 한 줌씩 집어 불룩한 반구형으로 모양을 잡는다. 마지막
으로 눈사람 머리를 만든다. 살구나무에서 떨어진 가지로

환한 미소를 그려 넣는다. 눈은 어쩐다? 나는 집으로 달려가 진저 비스킷 두 개를 들고 돌아온다. 눈사람 머리에 구멍을 파고 그 자리에 동그란 비스킷을 끼워 넣는다. 노우드 교외가 어스름에 잠길 무렵 아빠와 난 방갈로형 셋집의 왁스칠한 계단을 오른다. 계단은 붉은 포치로 이어지고 포치는 문으로 이어지는데 이 문을 열고 들어서면 부엌이다. 군데군데 페인트칠이 벗겨진 부엌 다용도실 벽 한쪽으로 오렌지가 든 천 포대가 기대어 있다.

집 앞에는, 아프리카의 총총한 별 아래, 눈사람이 서 있었다. 다음 날 우리는 눈사람 키를 조금 더 키우고 살집을 더해 준 뒤 목도리를 찾아 둘러 줄 계획이었다.

그날 밤 내가 잠자리에 들고 난 뒤에 공안의 특별부 경찰관들이 현관문을 두드린다. 아빠를 데리러 온 남자 어른들이다. 아빠에게 짐을 챙기라고 재촉한다. 정원에선 경찰관 두 명이, 눈사람이 속이 빈 동그란 눈으로 지켜보는 가운데 담배를 피우며 서 있다. 아빠가 작은 가방을 꺼내 꾸린다. 가방이 작다는 건 금방 돌아온다는 뜻인가? 경찰 몇 사람이 커다란 손을 들어 아빠의 어깨를 붙든다. 아빠는 내게 애써 웃음을 지어 보인다. 눈사람처럼 좌우 입꼬리가 올라간 미소를. 그러곤 그들 손에 빠르게 이끌려 간다. 저 남자 어른들이 다른 어른들을 고문하기도 하며 어떤 땐 손목에 스와스티카 문신을 한 경우도 있다는 사실을 난 엄마 아빠가 이야기하는 걸 들어 알고 있다. 집 앞에 차 한 대가 서 있다. 남자들이 "콤 콤 콤" 하고 재촉한다. 흰 차가 아빠를 안에 태우고 떠난다. 손을 흔들어 보지만 아빠는 내 인사에 답하지 않는다.

나는 잠옷 차림 그대로 정원에 나가 눈사람에게 묻는다. 하느님과 얘기하는 사람들처럼 머릿속으로 눈사람에게 말을 걸면 눈사람이 내 질문에 대답한다.

"이제 어떻게 되는 거야?"

눈사람이 말한다: "네 아빠를 지하 감옥에 처넣고는 밤새 고문해 가며 비명을 지르게 만들 테니 넌 다시는 아빠를 볼 수 없겠지."

머리를 쓰다듬는 손길. 마리아의 너른 갈색 손이 어느새 내 얼굴을 감싸며 양쪽 뺨을 지그시 누른다. 마리아는 키가 큰 줄루 여자로 핑키라 불리는 길쭉하고 쫀득쫀득한 사탕을 납지에 싸 주머니에 몰래 숨겨 들고 다닌다. 마리아도 울고 있다. 울면서 마리아가 말한다. "인종 분리 정책을 믿지 않으면 감옥에도 갈 수 있는 거야. 오늘도 그리고 내일도 용감해야 한다, 너뿐 아니라 다른 많은 아이가 용기를 내야 해. 그 아이들도 아버지나 어머니를 빼앗겼을 테니까."

마리아는 내 보모로 우리랑 한집에 산다. 마리아에게는 탄디웨라는 내 또래 딸이 있는데 마리아는 백인들이 이름을 발음할 수 있게 딸에게 도린이라는 다른 이름도 붙여 줬

둘째 역사적 동력

다고 한다. 마리아의 진짜 이름은 자마다. 자마는 내가 발음할 수 있는 이름인데도 마리아는 자기를 마리아라 부르라고 하고, 엄마는 이 이름이 에스파냐와 이탈리아 이름이라고 내게 말해 줬다.

"탄디웨는 지금 뭐 해, 마리아?"

내가 딸 얘기를 물어볼 때마다 마리아는 혀를 찬다. 아마도 됐다, 탄디웨에 대해 그만 물어라, 라는 뜻인 것 같다. 우린 부엌으로 향한다. 마리아가 자기 발에 바셀린을 바르라고 시킨다. 마리아는 주머니에 사탕 말고도 바셀린 통을 꼭 챙겨 갖고 다닌다. 마리아가 바셀린을 꺼낼 동안 난 마리아가 내 허벅지에 오른발을 올릴 수 있게 바닥에 자리를 잡고 앉는다. 건조하고 갈라진 발뒤꿈치에 이 기름진 젤리를 손가락이 화끈거릴 때까지 문질러 바르며 '광'을 내는 것이 내게 내려진 분부다. 그 와중에도 내 눈은 이제 첫돌을 지난 남동생 샘이 어깨에 머리를 베고 잠든 사이 변호사며 지인들에게 전화를 돌리고 있는 엄마를 향해 있다. 엄마가 마리아에게 눈신호를 보내면 내가 대화 내용을 듣지 않길 바란다는 뜻이다.

"지금 탄디웨는 뭐 하고 있어, 마리아?"

일주일 전에 탄디웨가 우리 집에 왔다 갔다. 마리아는 탄디웨와 나를 욕조에 나란히 앉히고는 새로 포장을 뜯은 럭스 비누로 같이 목욕을 시켰다. 탄디웨와 나는 비누를 번갈아 들며 서로를 빤히 쳐다봤다. 그날 마리아가 우리에게 사탕도 하나씩 준 걸 보면 특별한 날이 아니었나 싶은데, 게다가 햇빛에 다 '텄다'며 우리 입술에 바셀린까지 발라 줬다. 탄디웨는 자기 집에 돌아갈 때가 되자 칼에 베인 호스처럼 눈물을 흘렸다. 눈에서 솟구친 물이 배에 두른 수건 위로 후두두 떨어졌다. 마리아가 자신을 무릎에 앉히고 달삯으로 장만한 학교용 새 신을 신기는 내내 울음을 그치지 않았다. 럭스 비누 향이 나는 작은 팔로 자기 엄마 목을 굳게 붙들고서. 사실 탄디웨는 우리 집에 발을 들이면 안 됐는데, 이건 걔가 흑인이어서였다. 난 절대, 어느 누구한테도 이에 대해 입도 벙긋 않겠다고 약속해야 했다. 난 탄디웨를 도린이라고 부를 때도 있었고 아닐 때도 있었다. 마리아가 유색인 구역인 '타운십'에 사는 도린을 '흑인 전용' 버스 정류장까지 데려다주러 방갈로를 나설 동안도 도린은 눈물을 그치지 않았다. 마리아는 용감해야 한다고, 그리고 할머니가 새 신을 보고 싶어 기다리고 계실 거라고 타일렀다. 탄디웨가 용감하려고 애쓰는 모습을 지켜보는 건 남자 어른들이 아빠를 데려갔던 일을 제외하고는 그때까지의 내 인생을 통틀어 가장 끔찍한 경험이었다. 내가 마리아의 두 발에 바셀린을 바르고 나서는 무슨 일이 있었는지 기억나지 않는데, 여하간 얼마 뒤에 난 침대에 있었고 내 옆에는 엄마가 누워 있었다. 엄마와 내 머리가 맞닿으면 그건 고통이었고 또한

둘째 역사적 동력

사랑이었다.

아침에 보니 눈사람이 녹아 없어져 있었다. 아빠처럼 사라져 버린 것이다.

눈사람이란 무엇인가? 아이들이 저희 집을 지켜봐 주길 바라며 둥글게 쌓아 올리는 부성적인 존재다. 묵직하고 견고하나 또한 실체 없이 허술한 허깨비다. 진저 비스킷을 두 눈 삼아 박아 준 그 순간, 난 눈사람이 눈 유령이 되었음을 알았다.

2

두 해가 지나 난 일곱 살이 되었고 아빠는 여전히 가고 없었지만 엄마는 아빠가 돌아온다고 했다. 난 밝게 그려진 바비 인형 눈을 들여다보면서 이에 대해 생각해 봤다. 아빠는 가고 없었다. 이건 아빠가 아프리카민족회의인 ANC 소속 멤버인데 정부가 마침 평등한 인권을 위해 싸우는 ANC 활동을 금지한 까닭이었다. 모두들 용감해져야 했다.

나는 바비가 용감하지 못한 기색을 보이지는 않는지 파랗게 그려진 두 눈을 살폈다. 다행히도 붓질해 넣은 바비 눈에서 용감치 못한 조짐은 찾지 못했다. 그 누구보다 차분하고 예쁘장하기만 했고 나도 그런 바비를 닮고 싶었다. 내 바비엔 가발 네 개 말고도 헤어드라이어가 딸려 와 좋았다. 바비가 세상에서 벌어지는 끔찍한 일에는 일절 동요치 않는다는 걸 한눈에도 알 수 있었다. 나도 저런 그림 같은 파란 눈과 길고 까만 속눈썹을 가지면 좋겠다고 생각했다. 아무런 비밀(너네 아버지는 어디 계시니?)도 담지 않은 눈을 난 원했다, 담을 비밀(지하 감옥에서 고문받고 있어요)이 애초에 없는 눈을. 바비는 플라스틱이었고 나 또한 플라스틱이고 싶었다.

학교에서 무슨 말이고 하려면 목소리를 키워야 해서 엄청 애를 먹었다. 내 목소리는 어쩐지 아주 작아져 있었고 난 작아진 성량을 키우는 법을 알지 못했다. 하루종일 방금 한 말을 반복하라는 말을 들었고 그때마다 시도는 해 봤지만 한 말을 되풀이한다고 소리가 커지는 건 아니었다.

"너 바보야?"

난 다른 애들한테 우리 아빠는 잉글랜드에 있다고 말했다.

"어디?"

"잉걸랜드."

사실은 잉글랜드가 어디 붙었으며 아빠가 정확히 어딨는지도 몰랐는데 아프리칸스어 선생님이 그런 나를 다 안다는 듯한 빤한 눈빛으로 쳐다봤다. 마침 난 느닷없다는 뜻인 '아웃 오브 더 블루'란 표현에 대해 생각하고 있었다. 맑은 하늘의 날벼락이라고도 하지만, 말 그대로 파란색으로

둘째 역사적 동력

부터 뭔가가 나온다고 생각하면 마음이 설레었다. 거대하고 신비한 파란색이 있고 거기서 뭐가 나올 수 있다니, 그렇다면 그 파란색은 일종의 안개나 수증기와 같은 건지 모르고 어쩌면 행성 같은 걸 테고 또 어찌 보면 사람 머리랑 비슷한 건지도 모르겠는데 그러고 보면 사람 머리도 행성과 닮은 모양이었다. 그때 선생님이 불가사의한 파란색으로부터 느닷없이, 내 가족명의 철자를 물었다.

"L-E-V-Y요."

아빠가 정치 수감자란 사실을 선생님이 알아차린 게 분명하다고 생각하고 있는데 내 대답을 들은 선생님이 들뜬 목소리로 "아, 너 유대인이구나"라고, 엄청난 사실을 발견한 양 말했다. 아기 고양이 발에 붙어 있던 로마 시대 주화라든가 어쩌다 빵 반죽에 섞여 들어가고 만 잠자리라도 발견한 듯이. 선생님은 적갈색 속눈썹을 깜빡이고서 내게 "네 억지 고집은 그만하면 충분하다"고 말했다.

이 말은 파란 하늘에서 내리 닥친 날벼락이 아녔다. 뜬금없지 않았다, 전혀. 그 근거인즉 지난 몇 주째 선생님이 화를 내며 내 공책에 이런 말을 적어 왔던 것이다.

글은 반드시 맨 윗줄부터 쓸 것. 여기서 시작해.

그런데 난 이 빨간 펜 지침을 무시하고 있었고 그건 맨 윗줄에 글을 쓴다는 게 내겐 불가능한 일이어서였다. 이유는 모르겠지만 난 항상 공책의 셋째 줄에서부터 글을 쓰기 시작했고 그렇게 꼭 종이 위와 내 글이 시작되는 줄 사이에 여백을 남겼다. 선생님은 내가 종이를 낭비하고 있다며 첫 줄과 셋째 줄 사이에 하얗게 비워 둔 지면을 선생님의 글씨로 채웠다.

여기서 시작해.

여기서 시작해.

여기서 시작해.

선생님이 내 면전에 손가락을 들이밀 때마다 그 손가락은 벽돌 담을 스르륵 통과하는 유령처럼 내 눈을 그대로 통과해 지나쳤다.

"선생님이 공책에 뭐라고 썼는지 큰 소리로 읽어 봐."

"여기서 시작해."

"안 들린다!"

"여기서 시작해."

"그래. 왜 반 아이들 중에서 너만 네 멋대로 아무 줄부터 시작해도 된다고 생각하지? 공책 챙겨서 교장실로 가 봐라. 교장 선생님이 기다리고 계시니까." 이건 날벼락이었다. 난 싱클레어 교장 선생님이 날 기다리고 있는 상황을 원치 않았다.

선생님의 비위를 거스른 죄지은 공책을 팔에 끼고 복도를 지나면서 창문 너머로 다른 반 교실들을 기웃거렸다. 1J 반에 이마에 보랏빛 점이 총알 자국처럼 나 있는 피트라는

둘째 역사적 동력

남자애가 있었다. 수업 중에 욕을 했다는 이유로 어느 선생님이 걔 머리를 확 다 밀고 이마에 탈지면으로 요오드를 바른 일이야 전교생이 아는 사실이었다. 피트의 이마는 이제 보랏빛으로 물들어 있었고 그렇기에 다들 피트가 잘못을 했다는 걸 한눈에 알아볼 수 있었다. 난 그 자국이 영영 안 지워지는 건 아닐지 궁금했다. 예수그리스도에 대해 배울 때도 목수였던 불쌍한 그의 손에 못이 박히는 이야기를 들으며 피트를 생각했다. 예수가 손에 구멍이 뚫린 채로 부활했던 것처럼 피트도 앞으로 평생 동안 머리에 구멍이 뚫린 채 돌아다니게 되는 건 아닐까? 창문 너머로 피트가 보였다. 보라색 얼룩이 밴 우윳빛 이마를 하고 앉아 손끝으로 교과서의 글자를 짚어 읽는 피트. 럭스 비누로라면 저 보라색 얼룩이 지워지려나, 아니면 그러기엔 이미 너무 깊숙이 배어 버렸으려나?

피트는 아프리카너였고 난 아버지를 데려간 콤 콤 콤 남자들도 아프리카너란 걸 알고 있었다. 아프리카너들은 나쁘다고 생각해야 한다는 것도 어렴풋이 알긴 했지만 난 진심으로 피트가 가여웠다. 그러다가 나도 잘못을 저질렀고 그 결과 콘크리트 다리를 건너 교장실로 향하던 길이었음을 기억했다.

콘크리트 다리에선 놀이터가 내려다보였다. 백인 아이는 다 교실에 들어가고 없었지만 흑인 아이 셋, 남자애 둘과 여자애 하나가 교문을 타고 넘어 들어와 쓰레기통을 뒤적이고 있었다. 셋 다 맨발이었고 여자애는 소매가 하나뿐인 노란색 원피스를 입고 있었다. 머리는 탄디웨 머리처럼 아주 바투 잘려 있었다. 가끔 탄디웨와 나는 럭스 비누로 서로의 머리를 감겨 주었다. 비눗물이 눈에 들어가면 서둘러 얼굴을 씻고 눈을 감은 채 손을 이리저리 더듬어 수건을 찾아야 했다. 따가운 비눗물에 눈이 멀어 서로 부딪치기도 했지만 우리 둘 다 일부러 더 앞이 안 보이는 척 시늉했다. 우린 다만 서로 부딪는 게 좋았으니까. 콘크리트 다리에 올라선 내 눈에 여자애가 빵을 찾고 남자애 하나가 초록색 양말 한 짝을 건져 내는 모습이 보였다. 남자애가 주머니에 양말을 집어넣었다. 그러곤 고개를 들다가, 자기를 내려다보고 있는 나와 눈이 마주쳤다. 그 애가 고개를 더 높이 치켜드는 사이 난 황급히 몸을 숨겼다. 잠시 후에 몸을 일으켜 다리 너머로 고개를 내밀어 보니 세 명 다 줄행랑을 놓았고 교장실에서는 선생님이 여전히 날 기다리고 있을 터였다.

*

"어디 공책 좀 보자."

교장 선생님은 책상에 앉아 커피를 마시고 있었다.

내 두 손이 반들거리는 책상 위로 공책을 밀었다. 교장 선생님이 공책을 열어 첫 장을 봤다. 그러곤 장을 넘겼고 그다

음 장을 또 넘겼다. 싱클레어 교장 선생님의 이마에 주름이
졌다. 공책 맨 윗줄을 가리키는 선생님의 손가락이 보였다.
마디에 검은 털이 한 움큼 솟은 손끝으로 선생님은 여기서
시작해라고 적힌 곳을 두드렸다.

"여기. 왜 여기서 시작하지 않지? 여기다. 여기. 여기. 여
기서 시작하는 거야. 알아듣겠어?"

고개를 끄덕이자 양 갈래로 묶은 내 금발 머리가 위아래
로 흔들렸다.

자리에서 일어난 싱클레어 교장 선생님이 셔츠 소매를
말아 올리기 시작했다. 책상 위에 아이들 사진이 있었다.
남자애와 여자애. 남자애는 피트처럼 까까머리에 스카우
트 단복을 입고 있었다. 여자애는 파란색 깅엄 원피스를 입
고 예쁜 빨강머리에는 원피스와 세트인 파란색 헤어밴드
를 하고 있었다. 그때 갑자기 싱클레어 선생님의 손이 내 다
리에 닿는 느낌이 났다. 전혀 예상치 못했던 일이라 난 펄쩍
뛰었다. 교장 선생님이 맨손으로 내 종아리를 때리고 있었
다.

일곱 살 나이에 내가 처음으로 이해하기 시작한 사실이
있었다. 다들 안전하다고들 말하는 사람과 같이 있으면서
안전하지 못하다고 느끼는 때가 있었는데, 이와 연결되는
사실이었다. 싱클레어 선생님은 백인이고 또 어른이며 문
앞에 금박으로 이름을 써 붙인 사무실을 가졌지만 그런 싱

클레어 선생님보다 조금 전에 엿본 놀이터의 흑인 아이들과 함께 있을 때 오히려 더 안전하다는 사실이 그 첫째 단서였다. 둘째 단서는 백인 아이들이 속으로 흑인 아이들을 무서워한다는 사실이었다. 무서워한다는 건 개들이 흑인 아이들에게 돌을 던지고 다른 못된 짓을 하는 걸 보면 알 수 있었다. 백인은 흑인을 무서워했는데 이건 백인이 흑인에게 못된 짓을 했기 때문이었다. 사람들한테 못되게 굴면 안전하지 못한 기분이 들기 마련이다. 그리고 안전하지 못한 기분이 들면 정상이 아닌 것처럼 느껴진다. 남아공의 백인들은 정상이 아니었다. 내가 태어나고 1년 후에 일어난 샤프빌 학살에 대해, 백인 경찰이 흑인 아이와 여자와 남자들을 총으로 쏜 일과 그 이후에 내린 비와 그 비가 피를 다 쓸어간 이야기에 대해 나는 다 들어 알고 있었다. "이제 교실로 돌아가"라고 말할 즈음에 교장 선생님은 이미 숨을 몰아쉬며 땀을 흘리고 있었고 난 선생님이 정상이 아닌 기분이라는 걸 알 수 있었다.

이렇게까지 날 벌 받게 만든 공책을 붙들고 교장실을 나오면서 나는 교실로 돌아가지 않기로 마음먹었다. 그 길로 곧장 학교 교문을 나서 놀이터로 향했고, 나무에 매달린 고무 타이어에 올라 그네를 탔다. 붉은 에나멜 페인트로 도색한 팻말이 울타리에 못 박혀 있었다. 팻말에 적힌 글자를 읽어 봤다. '이 놀이터는 유럽인 어린이 전용임. 구청장백.' 햇빛에 뜨거워진 맨 무릎을 식히러 나는 그늘진 시소로 가 앉았고 거기서 두 시간을 때웠다.

집에 돌아가자마자 난 다용도실에 있는 포대에서 오렌지를 꺼내 와 껍질이 말랑말랑해질 때까지 맨발바닥으로 살살 굴렸다. 그러곤 엄지손가락으로 구멍을 내 즙을 빨아먹었다. 그러고도 목이 말라 마당에 있는 호스 파이프로 물을 마셨다. 하루 중 볕이 가장 따가울 때라 우리 수고양이는 한때 기적적으로 눈에 뒤덮이기도 했던 살구나무 아래 길게 늘어져 있었다. 여섯 시에 엄마가 퇴근하자마자 집에 오더니 내게 할 얘기가 있다고 말했다. 내가 오후 수업을 땡땡이쳤다고 학교에서 전화를 건 게 분명했다. 앞으로 몇 달간 더반에 사는 대모네 가서 지내야 할 거라고 엄마가 나한테 말한 걸 보면 말이다. 날 한참 껴안고 놓지 않는 엄마 품에서 벗어난 뒤에 난 마리아에게 소식을 전하러 정원으로 향했다.

마리아는 밤마다 베란다 계단에 앉아 깡통 따개로 찔러 딴 작은 깡통에 든 연유를 마셨다. 파크타운 프런들이 오나 보려고 기다린다면서. 샘과 내가 마당에 수박씨 열 개를 심었을 때도 마리아는 파크타운 프런들이 우리보다도 먼저 설익은 수박을 먹어 치울지 모른다고 말했다. 파크타운 프런은 사실 왕귀뚜라미고, 나무에서 떨어져 썩어 가는 복숭아를 주로 공격한다고 마리아는 일러 줬다. 자칫 건드렸다가는 펄쩍 뛰어 우리 눈에 시커먼 액체를 쏘아 댈 거라고도 했다. 계단 옆자리에 앉자 마리아는 내 입술에 바셀린을 바르면서 학교는 괜찮냐고 물었다. 대답 삼아 고개를 좌우로 젓자 마리아는 날 무릎에 앉혔는데, 그래도 난 마리아가 지금 몹시 피곤한 상태며 혼자 앉아 연유를 마시고 싶은 마음이라는 걸 알았다. 별이 어찌나 밝은지 파크타운 프런들이 날아들면 바로 눈에 띄겠다고, 그럼 보이는 즉시 쫓아 버려야겠다고 마리아는 말했다. 그러곤 주머니에서 펑키를 한 줌 꺼내 주면서 더반에 갔다 돌아오거든 도리 대모님네 앵무새가 어떻게 지내는지 꼭 얘기해 줘야 한다고 덧붙였다. 새 이름이 빌리 보이라는 것 같았다. 마리아가 '도리 대모'라고 말한 게 난 마음에 들었다. 이런 걸 구절이라고 하는 건가? 난 더반에 가면 대모를 도리라고 부르지 않고 도리 대모라고 부르기로 결심했다. 그런데 같은 구절인데도 내가 되풀이하면 어쩐지 이상하게 들렸다. 아니 실은 도리 대모라고 소리 내어 말할 때마다 그 두 단어의 조합이 날 거북하게 만들었다. 꼭 즈크화에 돌멩이 세 알이 들어갔는데 그대로 신고 돌아다니는 기분이었다. 그런데 무슨 이유에선지 돌멩이를 털어 내고 싶지는 않았다.

그 주가 끝나 갈 즈음, 손에 큼직한 다이아몬드를 낀 잘 차려입은 항공사 승무원이 내 손을 잡고 이동식 계단을 오르며 비행기가 출발하는 즉시 손가락을 빨라고 말해 줬다.

둘째 역사적 동력

"여자한텐 다이아몬드만 한 친구가 없단다." 승무원이 윙크를 해 보이며 말했다. "결혼할 나이가 되거든 너도 약혼자한테 보석을 받게 될 거야." 승무원의 눈빛이 반짝일 때마다 손등의 다이아몬드도 반짝였다. "비행기가 추락하거든 내가 호루라기를 불게, 알았지?" 나는 좌석에 혼자 앉아 손가락을 빨면서 호루라기 소리를 기다렸지만 승무원은 통로를 오르내리며 승객들에게 약혼 반지를 자랑하느라 바빴다.

얼마 후에 승무원이 말했다. "봐, 저기가 마푸탈랜드야, 호수랑 습지가 보이니? 저기가 내 애인이 나한테 청혼했던 록테일베이야. 저긴 산호초가 있어. 이제 더반에 거의 다 왔단다. 사자랑 코끼리를 보러 금렵구에 꼭 데려가 달라고 아빠한테 말해, 알겠지?"

난 고개를 끄덕였다.

"애, 넌 말은 통 안 하니?"

난 고개를 저었다.

"조버그◇에 혀를 두고 왔어?"

난 고개를 끄덕였다.

"어, 기장님이 날 부르나? 그런 것 같지? 날개라도 떨어진 건 아녀야 할 텐데!"

◇ 요하네스버그의 영국식 발음인 조하네스버그의 약칭.

승무원은 눈을 찡긋 감아 보이며 조종사가 시가를 피우고 있는 조종실로 향했다. 기장 생일이라고 승무원 전원이 럭비 노래를 부르고 있었다.

실오라기 하나 안 걸쳤다네
오 그녀 그녀 그녀
실오라기 하나 안 걸쳤다네

3

도리 대모는 간수처럼 빌리 보이의 생존에 관한 모든 것을 관장했다.

새장에 갇힌 탓에 빌리 보이는 새들의 세계로 돌아가지 못하고 있었다. 새장 안의 사다리나 그네를 타며 놀다가 간혹 허공에 대고 날개를 펼치는 때도 있었지만 그건 나는 것과는 엄연히 달랐다.

"그 창문 어서 닫아라, 빌리 보이 날아가기 전에. 손에 들어 봐도 돼. 들어 볼래?"

난 고개를 끄덕였다.

"어쩜 새보다도 말수가 적다니."

빌리 보이를 손에 받아 부드러운 깃털에 코를 묻는데 문득 조종사 아저씨의 럭비 노래가 떠올랐다.

깃털오라기 하나 안 걸쳤다네

오 그이 그이 그이

깃털오라기 하나 안 걸쳤다네

불쌍한 빌리 보이. 깃털에 감싸인 채 얼마나 슬퍼하고 있던지. 작디작던 빌리 보이의 기관과 뼈. 도리 대모는 나보고 한 달에 한 번씩은 빌리 보이 발톱 수를 확인하라고 시켰다. 벗지 앵무새가 발톱을 잃는 이유는 진드기 때문이라고 했다. 난 빌리 보이의 숨소리도 귀 기울여 들어야 했다. 숨 쉴 때 '딸깍' 소리가 나면 기낭 진드기가 있다는 신호라고 했다. 도리 대모는 벗지 앵무새에 대해서라면 모르는 게 없었다. 또 펫숍에서 파는 아픈 벗지를 보고 가엾게 느끼지 말아야 하는 이유에 대해서도 설파했다.

"가여워한다고 아픈 벗지를 살릴 순 없어. 손을 쓸 수 있다 해도 결국은 호흡기 문제로 죽어 버리지."

빌리 보이를 가엾게 여기다가 괜히 죽이는 건 아닐까 싶어 불쌍하다는 생각을 떨치려 했지만 애처로운 마음이 자꾸 북받쳤다. 새장 바닥에 깔린 톱밥을 보며 빌리 보이는 행복하고 건강한 새라고 속으로 말해 봤지만 나부터가 내 말을 믿을 수가 없었다. 내 눈에 비친 빌리 보이는 농작물 기근으로 살아생전 변변히 먹어 본 적도 없으며 일말의 희망일랑 개미들에게 다 빼앗기고 부모마저 열차 사고로 잃고

만, 더없이 처량한 신세에 가까웠으니까.

대모가 몸집이 크다는 걸 그새 잊고 있었다. 그 품에 안기면 내 몸이 대모의 겹겹이 접힌 뱃살 속으로 아예 집어삼켜지는 듯했다. 주변이 깜깜해지고 희미해지면서 대모의 몸속 수도관을 따라 물이 흐르는 소리를 들을 수 있었다. 이 집에서 다섯 마일 떨어진 바다를 연상케 하는 깊은 포효. 그 바다는 인도양이었다. 상어가 득실한. 골든 마일이라 이름 붙은 인도양 해변의 인명 구조원들은 아침마다 상어 그물을 확인해야 했고, 해수욕하기에 위험할 때는 확성기로 안내 방송을 내보냈다. 나만 해도 진작 해변에 갔다가 안내 방송을 듣고 부리나케 물에서 나와 상어가 잡힐 때까지 모래에 앉아 기다린 적이 있었다. 상어를 잡는다고 분주할 동안 난 해변에 붙은 팻말을 읽었다:

더반시
이 해수욕 구역은
백인종에 한해 사용이 가능한
백인 전용 구역임

해변에 발을 디뎌도 되는 흑인이라곤 아이스크림 판매상뿐으로 이들은 맨발로 뜨거운 모래를 거닐며 종을 딸랑거리면서 "에스키모 파이, 초코 아이스, 에스키모 파이"라

둘째 역사적 동력

고 외쳤다. 가끔 서핑하는 백인 남자애들이 너무 멀리까지 갔다가 상어에게 다리를 뜯기는 일도 있었는데, 그러면 다음 날 대모가 신문에 실린 사진을 내게 보여 주었다. 대모는 자기는 상어보다도 촌충이 더 무섭다고 했다. 털이 붉은 고양이가 카펫에 토하기라도 하면 대모는 팔을 번쩍 들며 소리를 질렀는데, 토사물에 촌충이 있을 수도 있어서랬다. 그러면 캐럴라인이라는 하인이 와서 토사물을 치웠고 그럴 동안 마님은 눈을 질끈 감은 채 희고 보들보들한 손으로 입을 틀어막아 가며 꽥꽥 소리를 질렀다. 이런 때는 촌충의 위력이 상어를 집어삼키고도 남을 것처럼 거대해 보였다. 두려움의 규모란 논리적이지 않았고, 더욱이 두려움은 자웅동체였다. 대모가 말하길 촌충들은 그 긴긴 몸에 수컷 생식기관과 암컷 생식기관을 모두 갖추었다고 했다. "난소와 고환을 전부 가지고 있지." 고로 '자웅동체'였고, 그걸로도 무시무시한데 거기에 한술 더 떠 "날고기를 먹기 좋아하는 인간이라면 촌충이 저를 얼마나 잡아먹고 싶어 하는지부터 생각해야 마땅"하다고 했다.

더반 집 앞에는 철사를 꼬아 대문에 고정한 커다란 팻말이 있었다:

무력으로 응대

이게 무슨 뜻이냐고 묻자 뭐든 모르는 게 없는 대모는 기다렸다는 듯이 설명해 줬다. "흑인종들이 이 집에 침입해 도둑질을 하려 들면 존경스런 내 남편 에드워드 찰스 윌리엄이 총을 쏘아 막을 거라는 소린데, 너희 엄마한테는 굳이 말할 것 없어. 그러니 여기서 우리랑 지내는 동안은 너도 아무 걱정할 필요가 없다는 소리지!" 이 집에 와서 생전 처음 접한 물건들 목록에 상어와 촌충에 이어 총마저 더해진 것이었다. 자웅동체도. 그리고 난초도. "이리 나와서 정원에 핀 꽃들 좀 구경해 보렴. 내 난들은 꽃은 작게 펴도 향만큼은 큰 꽃 저리 가라야."

아열대성 기후인 더반의 도리 대모네 집 정원에서 기적이 날 기다리고 있었다. 환각이, 신기루가, 일종의 만화가. 나탈의 파란 하늘을 우러르는 야자수에 등을 기댄 채, 살아 숨 쉬는 바비 인형이 햇볕에 그을린 긴 다리 주위에서 윙윙거리는 파리를 쫓으며 서 있었던 것이다. 눈부신 햇살 아래로 빛이 반짝였다. M 자 모양 황금 글자가 이 바비-사람 목에 둘린 황금 목줄 끝에서 빛을 반사하고 있었다. 눈이 부셨다. 어떻게 된 일인지는 몰라도 도리 대모의 몸에서 늘씬한 금발에 플라스틱을 닮은 딸이 나온 것이다.

"안녕. 난 멀리사야. 프레토리아에서 속기 과정을 마치고 막 돌아온 참이야. 넌 인사 안 하니? 여기가 교회도 아니고, 큰 소리로 얘기해도 되거든."

둘째 역사적 동력

작은 바비 인형이 마침 아우라를 잃고 나일론 머리카락이 붙은 한낱 장난감으로 퇴색해 가던 차에, 파스텔블루 미니스커트를 입은 살아 숨 쉬는 바비가 무대에 등장한 것이었다.

"이리 와, 꼬맹아. 내 방에 가서 얘기하자."

멜리사는 열일곱 살로 벌집 모양으로 쌓아 올린 머리를 하고 있었고 검정색 마스카라 단지에 붓을 담가 가며 속눈썹을 칠했다.

"넌 어쩜 입도 벙긋 안 하니? 아하. 굳이 할 필요는 없어. 근데 들어 봐, 난 이제 곧 비서 시험을 볼 거거든. 그래서 속기 연습을 해야 하니 네가 빠르게 얘기를 늘어놓으면 내가 그걸 받아 적는 연습을 할 수 있어. 피트먼식 표음 부호를 써서 말이야." 멜리사는 펜을 꺼내 들고 내 손등에 꼬불꼬불한 선을 끄적였다. "뭐냐면 안녕 꼬맹이 친구 덥스에 온 걸 환영해, 라고 쓴 거야."

멜리사의 침대에 앉아 멜리사가 머리카락이 사방으로 뻗칠 때까지 플라스틱 빗으로 머리를 내리 빗는 모습을 목격할 수 있는 건 크나큰 영예였다. 침대 밑에는 크리스털 유리로 만든 유별난 재떨이가 놓여 있었다. 분홍색 수자로 누빈 오리털 이불 가두리에서 파르르 떨고 있는 흰 방울 술 밑으로 그 모습이 살짝 엿보였다. 멜리사는 몰래 담배를 피웠고 꽁초가 제 어머니 눈에 띄지 않도록 재떨이를 침대 밑에 숨겼다. 가장 좋았던 순간은 뭐니 뭐니 해도 황금빛 헤어 래커가 든 얄팍한 스프레이를 내 손으로 직접 멀리사 머리에 분사한 순간이었다. 멀리사는 반쯤 눈을 감고 마스카라로 뻣뻣해진 속눈썹 사이로 거울을 엿봤다. 래커의 달달한 화학성 증기가 진통제처럼 작용했다. 멀리사가 스스로를 꾸미는 모습을 난 경의에 찬 겸허한 침묵 가운데 지켜보았다. 플라스틱 사람이야말로 가장 흥미진진한 사람의 유형이라는 내 생각은 파랗게 그려진 바비 인형 눈을 보면서 처음 잉태됐고, 그 뒤에 탄디웨의 안부를 물을 때마다 마주하게 되던 마리아의 갈색으로 덧입혀진 눈 속에서, 그리고 마침내는 멀리사의 사춘기 실험실에서 완성되기에 이르렀다. 멀리사는 말 그대로 저 자신을 지어내고 있었다. 립스틱과 마스카라와 아이섀도를 일컬어 '메이크 업' 곧 지어내기라 부른다는 사실에 난 짜릿한 전율을 느꼈다. 이 세계 각지에 지어낸 사람이 있고, 그들 대다수는 여자였다.

"얘, 말 없는 꼬마 아가씨, 머리해 줄게 이리 와 봐. 내 무릎에 앉아 봐, 내가 기차게 스타일링해 줄 테니."

멀리사가 거들어 준 덕에 보잘것없이 실용적이기만 하던 내 포니테일이 총총 땋아 머리 꼭대기에 휘감은 이국적인 금빛 머리로 변신했다. 멀리사는 날 보고 영화배우 같다며 이제 귀에 걸고 목에 두르고 손목에 감을 다이아몬드랑 루비만 갖추면 된다고 말했다. 눈이 초록색이니 어울리기는 에메랄드가 딱일 거랬다. 나중에 딸을 낳게 되면 그땐 "임무를 다한" 에메랄드 보석을 걔들한테 다시 물려주게 될 거라고. 보석의 임무가 뭐기에?

멀리사는 날 보고 "미인"이라며 손톱만 잊지 않고 깨끗이 잘 문질러 닦으면 근사한 남자가 나타나 내 손을 잡고 손등에 오래오래 입을 맞추는 날이 올 거라고 했다. 그러고는 내 발치에 무릎을 꿇고 내가 그의 가르마를 내려다볼 동안 제발 자기 부인이 되어 달라 빌 거라고. 난 커서 멀리사처럼 되고 싶다고 생각했다. 나도 멀리사처럼 담배를 피우고 피트먼식 부호로 종이에 꼬불꼬불한 선을 긋고 하이힐은 나중을 위해 뒷좌석에 내던진 채 맨발로 차를 빠르게 몰고 말 테다.

"운전할 땐 절대 신을 신지 마, 꼬맹아, 그게 가장 좋아."

하지만 나로선 멀리사 아버지의 외눈에 띄지 않도록 그 앞을 까치발로 오가는 일이 더 시급한 문제였다. 에드워드 찰스 윌리엄은 한쪽 눈은 진짜였지만 다른 한쪽은 유리 의안을 끼고 있었다. 어릴 적에 럭비 경기에 나갔다가 왼쪽 눈을 찔리는 바람에 짝짝이 눈을 갖게 됐다고 멀리사가 설명했다. 유리 눈에선 보랏빛 불꽃이 일렁였다. 눈구멍에서 불길이 치솟는 듯했다. 난 한 가지 원칙을 세웠다: 유리 눈만 바라볼 것. 진짜 눈과는 절대 시선을 마주치지 말 것. 의안은 앞이 보이지 않는 눈이었고 난 아저씨가 내가 자기를 무서워한다는 사실을 보지 못하길 원했다. 에드워드 찰스 윌리엄은 왕이나 다름없었다. 그가 배우자와 외동딸을 대동하고 식탁 상석에 앉으면 의안에 우리가 한 명도 빠짐없이 비쳤다. 심지어 로리라 불리는 회색 개가 꼬리를 살랑이면서 혀를 내밀고 헐떡이는 모습까지도 에드워드 찰스 윌리엄의 의안에 비쳤다.

"로오오오오리이이이이! 앉아! 앉아!"

"아빠아아. 어휴, 아빠, 내 꼬맹이 친구가 무서워 기절하려 그러잖아! 아빠가 뭐라건 무시해 꼬맹아, 아빠도 알고 보면 순둥이니까." 멀리사가 자기 아버지를 향해 우윳빛 분홍색 매니큐어를 바른 손톱을 까딱이더니 한쪽 눈을 찡긋 감으며 아버지의 잔에 위스키를 따랐고, 얼음을 가져오라며 날 부엌으로 보냈다.

나는 부엌으로 향했다가 손에 쥔 얼음이 녹는 것도 모르고 멍하니 창밖을 바라보았다. 얼음을 챙기다 아빠와 눈사람을 만들었던 날이 떠올랐던 거다. 이제 나도 곧 여덟 살이 될 텐데 아빠는 여전히 집에 돌아오지 않고 있었다. 식사 자리로 돌아간 내 손에서 어느새 가늘게 녹아 버린 얼음이 물을 뚝뚝 흘리는 것을 보고 에드워드 찰스 윌리엄이 성난 얼굴을 했지만 멀리사가 나를 대신해 둘러댔다.

"아빠, 어휴 아빠, 3초 만에 녹지 않는 얼음 만들기가 왜 그리도 어렵대? 과학적으로 불가능한 이유라도 있는 거야,

아빠?"

나는 아빠한테 묻고 싶은 게 있어도 머릿속으로 물어야 했다. "낚시 갈 때 나도 데려갈 거야?" 하고 묻는 멀리사에 게 멀리사 아빠가 "그래" 대답하는 걸 볼 때면 나도 마음속 으로 낚시하러 데려갈 거냐고 아빠에게 물었다. 그러면 아 빠의 한결같은 유령 대답이 돌아왔다. "낚시가 얼마나 위험 천만한지 아니. 낚시 바늘에 손가락이라도 끼는 날엔!" 내 가 "아빠, 나 오늘 나무 맨 꼭대기까지 탔다 내려왔어요"라 고 말하면 아빠는 이리 대답했다. "나무 타기가 얼마나 위 험천만한지 아니. 꼭대기까지 올라가면 못써. 딱 절반 높이 만큼만 올라가고 밑은 절대 내려다보지 마!"

내가 짐작하기에 에드워드 찰스 윌리엄은 내가 더반에 머물며 그의 가족과 한집에 사는 걸 탐탁히 여기지 않는 것 같았는데 도리 대모는 내가 "안정적인 가정"에 사는 게 중 요하다며 이건 "자기가 할 수 있는 최소한"이라고 내게 운 을 떼고는 이어 내 "가엾고 가여운" 엄마와 자기가 기숙학 교를 같이 다니던 시절 한밤중에 이불 아래 손전등을 숨기 고 책을 읽어 가며 서로 번갈아 망을 봤던 이야기를 풀어놓 았다.

난 에드워드 찰스 윌리엄이 쓰는 영어를 주의 깊게 듣기 시작했다. 영어야 우리 모두가 쓰는 말이었다. 그런데 그는 양말이 필요하다 싶으면 하인한테 소리를 질렀다. 저녁 샤

위를 한다고 수건을 찾을 때도 마찬가지였다. 절대 양말이나 수건이란 말을 입에 올리는 법 없이 그저 하인 이름을 외쳤다. 그 하인의 이름이 내 양말 갖다줘, 수건 가져와, 라는 뜻을 지닌 셈이었다.

구두를 닦을 때가 되면 정원 일을 보는 남자가 그 대신 솔을 들었다. 에드워드 찰스 윌리엄은 이 남자를 "보이"라고 불렀다. 자녀 넷에 손자가 아홉 있고 은발이 성성한 이였음에도. 이 남자의 이름은 조지프였고 조지프는 에드워드 찰스 윌리엄을 "나리"라 불렀다. 에드워드 찰스 윌리엄이 조지프에게 말을 걸 때 사용하는 언어는 영어이긴 영어이되 그 어조에 있어서는 철저히 별개였다. 우선 첫째로(난 첫째가 됐건 첫 줄이 됐건 여전히 처음부터 시작하는 데 애를 먹고 있었지만) 난 에드워드 찰스 윌리엄의 어조가 지나칠 정도로 즐거움에 겨워 있다는 걸 눈치챌 수 있었다. 에드워드 찰스 윌리엄은 덜 행복할 필요가 있는 사람이라는 걸 그 말투를 들으면 알 수 있었다. 이 생각이 날 웃게 만들었는데 그렇게 소리 내어 웃을 때마다 난 얼마간 더 행복해진 기분이 들었고, 그 결과 행복이 반드시 좋은 것만은 아니라는 내 새로운 발상에 혼선이 생겼지만 그렇다고 어찌할 도리가 있는 것도 아니었다.

어느 일요일, 조지프가 자기 몫의 고기 파이와 그레이비 소스를 절반 나누어 줬다. 일요일은 "마님과 나리"가 바람을 쐬러 나가는 날이기에 우리는 웅덩진 잔디에 나란히 앉았다. 그때 처음으로 조지프의 왼손에 손가락 두 개가 없다는 걸 알게 됐다. 손이 왜 그런 거냐고 묻자 조지프는 문에 끼어 잘렸다고 대답했다. 그러곤 내게 줄루어로 둘까지 세는 법을 알려 줬다. 하나는 우꾸녜, 둘은 이시빌리였다. 혹은 그와 비슷한 단조로운 어감의 단어였다. 남아공 어딘가에 조지프의 두 손가락이 끼어 있는 문이 있다는 생각이 날 사로잡아 괴롭히기 시작했다. 아빠가 정치 수감자라고 나중에 내가 털어놓자 그제서야 조지프도 실은 조버그에 있는 형 집에 경찰이 들이닥쳤을 때 독일 셰퍼드한테 손가락을 물린 거라고 말해 줬다. 경찰은 넬슨 만델라를 찾고 있었다. 난 내 엄마 아빠가 위니 만델라, 그리고 (무기징역을 선고받고 로벤섬에 수감된) 넬슨 만델라와 아는 사이라고 말했고 그러자 조지프는 그 얘기를 절대 마님과 나리에게는 하지 말라고, 심지어 빌리 보이에게도 하지 말라고 일렀다. 그리고 말이 나왔으니 말인데 알도 못 낳는 새를 굳이 기르는 이유가 뭐지? 조지프가 엄지와 남은 두 손가락으로 파이와 그레이비소스를 깨끗이 먹어 치우며 말했다. 아마간다. 이건 줄루어로 알이란 뜻이었다. 마님의 파랑새가 파란 알을 낳는다면 요깃거리라도 될 텐데.

매일 밤 빌리 보이의 새장에는 회색 담요가 덮였다. 아빠도 밤에 회색 담요를 덮고 잠이 든다는 걸 난 아빠가 엄마에게 보낸 편지 덕에 알고 있었다.

"관두고 이리 와 꼬맹아, 네가 허구한 날 엄마 앵무새만 빤히 들여다보니까 심란해 못살겠어." 멜리사가 날 카펫 위로 허리째 안아 번쩍 들며 말했다.

"자, 내 말을 따라 해 봐. 난 큰 소리로 말할 수 있다."

"난 큰 소리로 말할 수 있다."

"더 크게."

"난 큰 소리로 말할 수 있다."

"그게 어디 큰 소리니. 아주 소리를 지르기 전에는 내려 주지 않겠어."

난 시험 삼아 자그맣게 소리를 질러 봤다. 제법 그럴싸하게 들렸고 멜리사도 날 내려 주었다.

"야야, 그렇게 웃어 봤자 진심 아닌 거 내 눈엔 다 보이거든. 이가 다 보이게 웃어 봐. 아 그래, 그거 기차네. 우주선 타고 시내나 가자."

우주선이란 도리 대모가 새로 뽑은 승용차를 뜻했다. 도리 대모의 몸이 어찌나 불었던지 그 전에 있던 차에는 더 이상 탈 수가 없었던 것이다. 가끔 대모가 밤중에 부엌에 앉아 다진 고기와 감자 요리를 큐피드 활처럼 생긴 입술 안으로 밀어 넣는 걸 볼 수 있었다. 우주선은 은색으로 은은하게 빛이 났고 좌석의 가죽은 얼룩 한 점 없는 크림색이었다. 새 차의 타이어가 터져서 도리 대모가 차를 어디 들이받기라

둘째 역사적 동력

도 하면, 그런데 아무도 대모를 들어 올릴 수가 없어서 병원에 데려갈 수도 없으면 어쩌지?

"언니네 엄마는 왜 그렇게 뚱뚱해?"

멀리사가 잽싸게 달려들어 내 발가락을 밟더니 주먹 쥔 손으로 어깨를 때렸다.

"이 말 없는 꼬맹이 버르장머리하고는. 엄마는 자기 살에 갇힌 죄수나 마찬가지라고. 나오고 싶어도 못 나와."

"왜 못 나와?"

"실은 죽었거든, 근데 좀비로 살아 돌아온 거야."

"설마!"

"너 예수님도 좀비인 거 알아? 죽었다가 살아 돌아왔잖아."

멀리사가 자동차 열쇠를 내 면전에 흔들어 보였다.

"잘못했다고 하면 토끼 밥 사 주지."

"토끼 밥이 뭔데?"

"기차아아게 맛있는 거. 대신 내가 어디 데려갔는지는 절대 비밀이다. 특히 아빠한테는. 알았지?"

"알았어."

"웬일로 시원시원하게 답하네. 여자애들은 큰 소리로 말해야 돼, 우리가 뭐라건 어차피 아무도 안 듣거든."

멀리사에게 비밀 생활이 있다 해도 놀랍지 않았다. 플라스틱 사람한테 그 정도는 예사였다. 플라스틱 사람들은 숨

길게 있기 마련이고 멀리사의 비밀은 인도계 남자 친구가 사는 시내에 잘 아는 식당이 몇 군데 있다는 사실이었다. 그 날 간 곳은 쓰레기와 파리 떼가 넘쳐 나는 곁골목의 카페였다. 감자 껍데기와 썩은 당근이 하수구에 쌓여 있고 그 밑으로 상한 고기 뼈도 수북했다. 우리가 카페에 들어서자 계산대에서 신문을 읽고 있던 인도계 남자가 고개를 들고 "어이리사! 토끼 먹는 날인가?"라고 외쳤다. 치아를 주홍빛으로 물들이는 뭔가를 씹고 있었다. 이 남자가 "어이 리사!"라고 소리치자 손으로 카레를 먹고 있던 인도계 가족들이 일제히 고개를 들었다가 도로 내렸다. 우리가 백인이고 그렇기에 여기 들어오면 안 된다는 사실 때문에 고개를 돌린 것이리라고 난 짐작했다.

"고마워요 빅터. 조버그서 온 내 꼬맹이 친구도 토끼 밥 하나 갖다줘요."

멀리사가 앞장서서 빈자리로 향했다. "앉아." 말 안 듣는 개한테 명령이라도 내리는 듯한 말투에 난 화가 났다. 자기 아버지의 어조가 멀리사에게도 스몄다는 걸 알 수 있었다. "나리" 목소리에 감염된 모양인데 그렇다면 당장 아스피린을 먹고 땀을 흘려 몸에서 독기를 뽑아 낼 필요가 있었다. 나는 연달아 재채기를 했다. 빅터가 환타 한 캔을 가져와 따 줄 동안에도 재채기가 멈추지 않았다.

"조버그에서 왔다고?"

둘째 역사적 동력

"네."

"아자이는 오늘 안 나왔어요?" 멀리사가 새로운 말투로 끼어들었다.

빅터가 손가락을 들어 역시나 주황색 물이 든 손끝으로 누군가를 가리켰다. 젊은 인도계 남자가 막 카페에 들어선 참이었다. 반짝이는 회색 양복에 뱀 피 구두를 신은 남자가 멀리사를 보더니 웃었다.

"토끼 밥 대령해 오마." 톱밥 위를 성큼 가로질러 가며 빅터는 바닥에 떨어져 있는 빈 담뱃갑을 식탁 밑으로 차 버렸다.

토끼 밥이란 흰 통식빵을 반으로 갈라 그 속을 고기 카레로 채운 음식이었다. 수프용 숟가락으로 토끼 밥을 먹으며 난 멀리사가 빅터의 아들과 시시덕거리는 걸 구경했다. 아자이가 어깨를 으쓱이며 "다음 화요일"을 언급하자 멀리사는 붓질로 그려 넣은 눈알을 천장으로 굴렸다. 아자이가 멀리사 담배에 불을 붙여 주고 자기 담배에 불을 붙인 뒤에 두 사람은 담배 연기로 둥근 O 자를 만들었다. 두 사람이 만든 O 자는 세상에서 제일가게 아름다웠다. 간혹 각각의 O 자가 서로를 향해 다가갈 때도 있었는데 이제 맞닿겠다 싶은 순간 공기 중으로 녹아 사라졌다. 공기에선 쌀밥 냄새가 났다. 향신료 냄새도. O 자 연기와 쌀밥과 향신료와 멀리사와 아자이, 뱀 피로 만든 구두를 신은 아자이와 마스카라로 시커매진 속눈썹을 한 멀리사 사이의 간격, 아자이의 셔츠 소매에 닿은 멀리사의 새끼손가락. 이것이야말로 인생이 잘 풀릴 때의 장면 아닐까 싶었다.

빅터가 우리 자리로 돌아와 합석하면서 그걸 다 망쳐 놓고 말았다. 앉자마자 정치 이야기를 늘어놓았던 거다. 멀리사가 내 아버지가 인종 분리 정책 때문에 감방에 있다고 빅터한테 말했다. 이에 빅터가 날 보더니 자기 할아버지는 나탈의 사탕수수밭에서 일하려고 인도에서 건너왔다고 이야기했다. 자몽에 설탕 한 티스푼씩 뿌려 먹다가 이가 몽땅 썩게 되거든 남아공의 백금을 심은 자기 할아버지를 기억해야 한다고, 또 내 아버지 몫의 토끼 밥이라면 이 "사업장"에 언제고 준비해 놓을 테니 아버지에게 꼭 그리 전하라고 일렀다. 나는 고개를 끄덕이며 흥미로운 이야기인 척 굴었지만 실은 아자이와 식탁 밑으로 손을 잡고 있는 멀리사를 내내 쳐다보고 있었다. 이게 사랑이 맞다면 금지된 사랑에 해당했다. 나도 그 정도 눈치는 있었다. 이 카페에 앉은 모두가 아는 사실이었다. 정치가 어찌어찌해 자몽에까지, 손을 잡는 행위에까지 스며들고 만 것이다. 난 정치라면 물렸고 하루빨리 담배를 피워 가며 쌀밥 냄새가 나는 공기 중으로 O 자 연기를 뿜어내고 잘생긴 남자의 셔츠 소매에 새끼손가락을 슬쩍 집어넣을 날이 오기만을 기대했다.

주차장으로 나오자 멀리사가 신고 있던 샌들을 벗어 내

게 건네며 차 열쇠를 찾을 동안 잠깐 들어 달라고 말했다. 멀리사는 신발을 신고는 절대 차를 몰지 않는 게 '특기'인 사람이었다. 남자 친구들이 제 신발을 가슴에 꼭 껴안은 채 조수석에 앉아 있을 동안 멀리사는 맨발로 페달을 밟으며 더 샹그릴라스의 '골든 히트곡'들을 연이어 불렀다.

"아니 이러어어언—빅터네 토끼 집에 두고 왔나 봐!" 멀리사가 황급히 가방을 뒤적거릴 동안 난 우주선 옆에 주차된 차를 쳐다봤다. 내 또래로 보이는 여자애가 무릎에 뭔가 품은 채 뒷좌석에 앉아 있었다. 누군가와 대화 중인 듯 입술을 움직이고 있었지만 차 안엔 그 애뿐이었다.

"저 애 혼잣말을 하고 있어."

멀리사가 기름기 낀 콘크리트 바닥을 맨발로 가로질러 벤틀리 안을 들여다봤다.

"왠지 알아?"

"아니."

"토끼랑 얘기하고 있거든!"

"토끼 밥 말이야?"

"아니. 진짜 토끼랑."

사실이었다. 여자애 무릎에 흰 토끼가 앉아 있었다. 뾰족 솟은 귀 끝이 여자애의 턱을 간지럽히는 걸 간신히 볼 수 있었다. 그때 남녀 한 쌍이 차로 다가왔다. 남자가 열쇠 꾸러미를 골반 높이서 흔들어 댔다. 그가 차 문을 열자마자 여자애 입술이 얼어붙었다. 옆에 서 있던 여자가 우리를 보고 소리 내어 웃었는데 진심이 담긴 웃음은 아니었다.

"우리 딸애 토끼가 아파서 동물 병원에 다녀오는 길이야. 눈 한쪽이 아예 끈끈이 눈이 돼 버렸지 뭐니."

그러자 남자가 높은 목소리로 여자를 흉내 내며 그가 한 말을 따라 했다.

"끈끈이 눈이 돼 버렸지 뭐니! 끈끈이 눈이 돼 버렸지 뭐니."

여자의 볼이 달아오르는 걸 보고서 그는 이를 재창했다.

하지만 저 여자 목소리와 전혀 안 비슷한걸. 저 남자는 자기가 지금 누굴 흉내 내고 있다고 생각하는 거지? 남자의 몸에서 나오는 높은 목소리는 내 엄마와도, 마리아와도, 나와도, 멀리사와도, 그가 흉내 낸답시고 하고 있는 여자와도 같지 않았다. 여기 단서가 있었다. 남자는 자기 목소리를 내고 있었다.

"찾았다!" 자동차 열쇠가 멀리사가 어딜 가든 들고 다니는 피트먼 속기법 책자 사이로 용케 비집고 들어갔던 모양이었다.

"토끼 친구가 빨리 낫길 바라!" 멀리사가 여자애를 향해 외쳤다. 그러곤 맨발로 페달을 밟고 우주선을 주차장 밖으로 몰았다.

"토끼한테 무슨 얘기를 하고 있었던 걸까?"

"응. 글쎄. 그야 개 비밀이지."

둘째 역사적 동력

"왜 비밀이야?"

멀리사는 어깨를 으쓱여 보이며 붓칠해 꾸민 두 눈을 길에 집중했고 곧 차를 오른쪽으로 꺾어 콘크리트 고가로 들어섰다. 천둥이 치기 시작했다.

벌거벗은 아프리카인 어린애들이 신호등 근처에서 손바닥을 펼쳐 보이며 구걸하고 있었다.

"토끼한테 무슨 비밀 얘기를 한 건데?"

미지근한 빗물이 차창을 갈기기 시작했다.

"뭐라고 했냐면 말이지, '왜 엄마 아빠는 서로 사랑하지 않아?'라고 했어."

4

웃음이란 여자애들 팔찌에 달린, 마법을 지녔다고 해서 참 charm이라고 부르는 장식과도 같다. 난 이 사실을 알고 있었다. 요정이나 하트 모양의 은제 장식이 햇빛에 그을린 손목 끝에서 대롱거리며 행운을 불러오기도, 악귀를 쫓아 주기도 했다. 웃음을 지어 보이는 건 다른 사람이 내 머릿속을 들여다보지 못하도록 차단하는 길이었다. 입술이 벌어지는 순간 머리에 틈새가 열리기는 하지만 말이다. 도리 대모가 근방 수녀원 부속 학교에 나를 전학시킬 거라는 얘기를 처음 꺼냈을 때도 난 미소로 답했다. 도리 대모는 빌리 보이의 날개깃을 다듬는다고 손에 작은 가위를 쥐고 있었다.

"깃털에 윤기가 흐르고 숱은 풍성해야 해." 퉁퉁한 손가락으로 빌리 보이의 가슴팍을 톡톡 건드리며 도리 대모가 말했다. "이게 용골돌기다. 딴 때보다 너무 튀어나왔네. 빌리 보이가 아무래도 저체중이 아닌가 싶은데. 오늘 밤엔 평소보다 모이를 넉넉히 줘야겠구나."

"수녀원 부속 학교가 뭐예요?"

"수녀 선생님들이 계시는 학교지."

"수녀가 뭐예요?"

"수녀는 예수그리스도와 결혼한 여자를 말해."

"아. 더반에 올 때 만난 비행기 승무원도 곧 결혼할 거라고 했어요. 반지도 보여 줬어요."

"그 승무원은 예수그리스도와 결혼한 게 아니지. 보나마나 헹크 반 더 플라이스니 뭐니 하는 이름의 남자와 결혼했을 거다. 달라도 경우가 아주 달라."

도리 대모는 좀비만큼이나 핏기 없는 얼굴이었다.

"벗지 앵무새는 몸이 건강할수록 동작이 민첩하고 장난기가 넘치는 법인데. 빌리 보이가 오늘따라 영 시큰둥하네."

깃털 정리가 끝나자 도리 대모는 빌리 보이를 다시 새장에 가뒀다. 새장에 붙은 작은 막대 장치를 움직여 빌리 보이를 가두는 모습을 난 유심히 지켜봤다. 나중에 저 막대를 열

둘째 역사적 동력

어 빌리 보이를 구해 줄 계획이었다.

"세인트 앤스라는 수녀원 부속 학곤데 거기 계신 수녀님들이 다 좋은 교사셔. 빌리 보이한테 촌충 옮길라, 그 고양이 좀 새장에 얼씬 못 하게 하렴."

난 고양이를 보듬어 안고는 포근하고 불그스름한 털 깊숙이 손을 밀어 넣어 손가락을 덥혔다. 고양이한테 촌충이 없다는 걸 난 아는데. 도리 대모야말로 촌충이 있는 건 아닐까? 늘 굶주린 사람처럼 군다는 게 그 단서였다. 도리 대모를 몸 안에서부터 집어삼키려는 벌레가 속에 든 건지도 몰랐다. 고양이는 요즘 들어 내 방에서 잠을 잤다. 멀리사가 자기 방으로 냉큼 돌아오지 않으면 귀를 잘라 버리겠노라고 으름장을 놓으며 분홍색 수자 오리털 이불로 끌어들이려 해도, 진저는 그쯤은 감수하겠다는 양 끄떡도 없었다. 진저는 내 차였다. 멀리사가 자기는 수녀원 부속 학교에 다니는 내내 학교라면 치를 떨었다고 말했다. 이제 비서 준비 과정을 밟으며 맥주와 레모네이드를 섞은 록 샌디를 마시고 피터마리츠버그에서 온 여자 친구와 쓰리 몽키스나 윔피버거 바에 같이 다니는 게 생활이 된 멀리사는 더 이상 기도를 하지 않았다.

"수녀원 학교 애들한테 괴짜로 찍히고 싶진 않을 거 아냐?"

"응."

"그럼 큰 소리로 말해야 돼. 참 그러니 말인데, 출석부에 유대인 성을 가진 애는 너밖에 없을걸. 학교 안뜰서 길을 잃더라도 코만 따라가면 되겠네." 이 말을 하고서 멀리사는 그려 넣은 눈이 다 번져 얼굴을 타고 내릴 때까지 깔깔대며 웃었고 나는 단지 멀리사의 꼬마 친구란 이유로 멀리사를 따라 웃었다.

세인트 앤스는 부티 나고 살결 흰 가톨릭 여자아이들을 위한 지방 학교였다. 안뜰 회랑엔 작고 구부정한 성모와 아기 상이 있었다. 슬픈 표정의 엄마와 그 품에 안긴 아기. 더반 길거리를 오가는 아프리카인 엄마들은 대개 아이를 등에 업어 메고 다녔는데, 백인 아기를 돌볼 땐 업지 않고 유아차에 태워 다녔다. 성모님도 자기 대신 아이를 업어 주는 하인을 뒀을까? 엄마는 내가 보고 싶을까? 그렇길 바랐다. 알고 보면 난 하느님이 몸소 수녀들 손에 맡긴 고아 성자가 아닐까? 난 기둥에 몸을 기대고 양손이 짓찢긴 석고 그리스 도상을 가만히 바라보았다. 요하네스버그 학교에 다니는 피트가 떠올랐다. 그 애 이마를 물들이던 요오드 성흔은 지금쯤 흐릿하게 바래 없어졌을까?

이곳 수녀 선생님들은 내게 읽기와 쓰기를 가르치려 기꺼이 삶을 바친 듯했다. 매일같이 교실 내 옆자리에 무릎을 꿇고 앉아 희고 매끈한 손으로 점토를 굴려 가며 A와 B와 C 자를 빚어 건네주었다. 선생님이 알파벳 이름을 물으면 나는 고아 성자답게 다소곳이 고개를 숙인 채 "에이, 비, 씨"라고 속삭였고, 그러면 수녀 선생님들은 고개를 끄덕여 가며 격려했다. 내가 실은 2년 전에 이미 읽고 쓰기를 배웠노라고 선생님들에게 말하는 건 실례가 될 듯했다. 점토로 빚은 알파벳 없이도 골든 마일에 나붙은 팻말을 죄다 읽고 이해할 수 있었지만 말이다.

이 해수욕 구역은

백인종에 한해 사용이 가능한

백인 전용 구역임

조언 수녀님은 본인이 늘 들고 다니는 묵주에는 구슬이 열 개 단위로 엮여 있으며 구슬 열 개가 이루는 묶음을 각각 데케이드라 부른다고 했다. 데케이드는 10년을 뜻했다. 아빠가 10년 동안 안 돌아오면 어쩌지? 내가 백인종만 사용 가능한 전용 해수욕장에서 몇십 년이고 헤엄칠 수는 있어도 정작 아빠와는 영영 다시 못 만난다면? 그럼 난 정상이 아닌 백인종 틈에 혼자 남겨질 터였다. 그 틈에 철저히 홀로 남아, 그들의 자비에 나를 맡겨야 할 터였다. 파도를 타는 서퍼들이 아열대성 바닷속 걸그물을 용케 통과한 백상아리들의 자비로움에 목숨을 내맡겨야 하듯이 말이다.

수녀님 중에서 나이가 제일 많은 수녀님이 점토로 빚은

M 자를 건넸다.

"M 자는 멀리사." 내가 성실히 속삭였다.

"옳지. 멀리사는 잘 지내니?" 조언 수녀님은 그새 N 자를 빚고 있었는데 나야 물론 N이 M 다음에 온다는 걸 이미 알고 있었다. 아마도 네 살 때부터는 알았지 싶었다.

"비서 학교에 다니고 있어요."

"실업 학교서도 공부 잘하고 있고?"

"피트먼식 속기를 배우고 있대요."

조언 수녀님에게 멀리사가(멀리사 이름엔 S가 두 개 있지만 우린 아직 N 자까지밖에 진도를 안 나갔다) 한 달간 차를 몰지 못하게 됐다는 말은 하지 않았다. 몰래 우주선을 훔쳐 아자이를 태우고 아자이네 삼촌을 보러 갔다가 덜미가 잡힌 결과였다. 어젯밤 에드워드 찰스 윌리엄이 차가 사라진 걸 보고 새벽 한 시 십오 분에 도리 대모를 시켜서 날 깨웠다. 도리 대모가 날 거실로 데려오자마자 에드워드 찰스 윌리엄이 코가 짓눌릴 정도로 얼굴을 바싹 들이밀며 따지고 들었다.

"뚱땡이 어디 갔는지 알아?"

난 고개를 저으며 그의 유리 눈만 바라봤다.

"걔 만나는 애 있지?"

"아니요."

"인도 애?"

"아니요."

"딸이란 게 빌어먹을 검둥이와 눈이 맞다니! 너도 집안 참 잘 골라 왔다 싶지, 어?"

"그만 괴롭혀요." 도리 대모가 빌듯이 외쳤다. "걔는 가만 둬요. 불쌍한 쟤 엄마를 어떻게 보라고!" 이 와중에도 고양이 진저는 보드라운 발바닥을 가만히 포갠 채 소파에 엎드려 잠들어 있었다.

에드워드 찰스 윌리엄이 손을 들어 유리 눈을 숨기려는 듯 가리는 걸 보고 난 눈알이 빠진 건가 싶어 기겁했다. 그 순간 문장이 하나 떠올랐다. 해변에서 본 팻말에 적힌 문장과 유사한 문장이었다.

이 유리 눈은

백인종에 한해 사용이 가능한

백인 전용 유리 눈임

경찰을 불러 멀리사를 찾아내겠노라고 에드워드 찰스 윌리엄이 윽박질렀다. 경찰? 내 아버지를 데려간 사람들? 우주선이 마침내 집 앞 차도로 진입했을 때, 막 도착한 경찰차를 본 멀리사가 경적을 빵빵 울리며 창문을 내리더니 휴가지라도 찾아온 사람처럼 손을 휘휘 흔들어 보였다.

"안녕, 아저씨들! 나 우주선 훔친 거 아니에요, 정말로요.

외계인들한테 유괴됐던 것뿐이지." 그 말에 경찰은 웃었지만 경찰이 떠난 뒤 멀리사는 불같이 화를 냈다. 제 아버지를 "빌어먹을 나치"라고 부르면서, 이제 차를 못 쓰게 돼 아자이와 만날 장소를 찾기가 어려워졌다고 내게 하소연했다. 남아공은 지랄 같고 진저도 지랄 같으며 로리도 지랄 같고 난 말도 못 하는 별종이라고 했다.

"너 아직도 그 흉측한 바비 인형 닮고 싶어?"

"응."

"너 성자라며. 성자가 인형도 될 수 있을 것 같아? 너, 성 루시라고 들어 봤어? 제 손으로 눈을 뽑아냈다고, 성 루시는. 그러고도 잘만 볼 수 있었대, 성자는 죽기 전에는 안 볼려야 안 볼 수가 없는 법이니까. 눈이 없어도 말이야. 난 아자이를 못 보니 차라리 죽을래."

조언 수녀님이 엘리자베스 수녀님을 바라보며 미소 짓고 있었다. 점토로 O 자를 만드느라고 정작 엘리자베스 수녀님은 이를 눈치채지 못했다. 나는 신실히 고개를 끄덕여 보이며 조언 수녀님의 미소를 흉내 내 봤다. 환한 미소는 과도하다는 듯 절반만 웃어 보이는 반쪽짜리 미소였다. 수녀님이 내게 완성된 O 자를 건네주었다. 그걸 보자니 멀리사와 아자이가 피우던 사랑의 연기 도넛이 생각났지만 그 이야기를 하는 대신 나는 제법 큰 목소리로 "O는 오렌지. 하느님에도 O 자가 하나 있고 어머니에도 O 자가 하나 있어요”라고 말했다.

"옳지, 잘 아네. 넌 어떠니, 대모님 집에서 지내니 행복해?"

행복? 난 못생긴 검정색 교복 신발을 물끄러미 바라봤다. 행복? 행복에는 P 자가 두 개 있었다. 엘리자베스 수녀님이 그새 벌써 P 자를 빚고 있었다. 수녀님들은 점토 놀이에서 행복을 느끼는 걸까? 수녀님들이 종일 점토를 빚어 가며 놀 동안 난 책을 읽으면 안 되나? 내가 실은 책을 읽을 줄 알뿐더러 수십 권에 달하는 책을 처음부터 끝까지 다 읽었다는 걸 수녀님들은 알까? 아니면 멀리사처럼 내가 말 못 하는 바보라고 생각하려나? 난 행복한가? 행복해야 하는 거였나?

잠시 후에 조언 수녀님이 성스러운 손으로 내 손을 부둥켜 쥐며 하느님을 믿느냐고 물었다.

내 머릿속에 든 하느님의 모습은 아빠와 내가 같이 만들었던 눈사람과 연결돼 있었다. 눈사람이 곧 하느님이었다. 얼어붙을 듯 차갑고 실은 살아 있지도 않지만 그럼에도 눈사람은 쉼 없이 내 머릿속을 맴돌았다. 질문에 대답하는 대신 난 책가방을 열어 아빠가 더반으로 보낸 편지 한 통을 수녀님에게 보여 줬다. 기왕이면 소리 내어 읽어야겠다고 생각했다. 그러면 점토 알파벳 놀이를 관둘 수도 있지 않을까 싶었다.

사랑하는 딸,

수녀님들이 그리도 친절하시다니 다행이구나. 생각을 머릿속
에만 담아 두지 말고 소리 내어 말하는 것 잊지 말고.

하늘로 키스를 보낸다.

내 모든 사랑을 담아, 아빠가.

조언 수녀님이 내 손을 꼭 쥐었다.

"아버지가 머릿속 생각을 소리 내어 말하라고 하신 건 말
이야, 더 큰 목소리로 이야기하라는 뜻이란다."

"하느님한테 더 큰 목소리로 이야기하라는 뜻이에요?"

수녀님이 그렇다고 대답하기를 기다렸지만 수녀님은 말
이 없었다. 그게 내가 처음으로 '행간을 읽는다'라는 표현을
이해한 순간이었다.

5

생각을 머릿속에만 담아 두지 말고 소리 내어 말하라는 이
야기를 듣기는 했지만 난 그러는 대신 생각을 글로 적기로
마음먹었다. 때는 아침 다섯 시였고 로리가 연못의 리드개
구리를 보고 짖어 대는 소리가 들렸다. 난 볼펜을 찾아 생각
을 글로 적어 보았다. 볼펜 끝에서 지면으로 쏟아져 나온 것
중 대부분이 내가 알고 싶지 않은 것들이었다.

둘째 역사적 동력

아빠가 사라졌다.

탄디웨가 욕조에서 울었다.

피트는 이마에 구멍이 생겼다.

조지프는 손가락을 물어뜯겼다.

싱클레어 선생님이 종아리를 때렸다.

수박이 그새 자랐는데 난 거기 없었다.

마리아와 엄마는 멀리 있다.

조언 수녀님은 하느님을 믿지 않는 건지도 모른다.

빌리 보이는 감옥에 있다.

빌리 보이가 내 주된 관심사였다. 난 볼펜을 내려놓고 방문을 열었다. 조용히 해야지 자칫하다가는 에드워드 찰스 윌리엄이 날 도둑으로 알고 집 앞 팻말에 쓰인 대로 할지도 몰랐다.

무력으로 응대

내가 볼펜으로 적은 글의 '행간'이 가리키고 있는 바를 진정 실행에 옮길 작정이었다면, 즉 빌리 보이를 풀어 줄 작정이었다면, 에드워드 찰스 윌리엄도 무력으로 응대란 말의 '행간'이 가리키는 일을 할지 몰랐다. 말은 협박에 불과할까 아니면 진심일까? 단어보다는 막대기와 돌이 과연 더 위

험한가? 종이에 고작 이것저것 끼적인들 무슨 효용이 있다
고? '핑키 사탕 사기'라고 적어 놓고는 사고 싶은 마음이 글
로 대체돼 버렸기에 막상 사지는 않는다면, 글로 적는 게 다
무슨 소용이람?

난 슬그머니 식사하는 방으로 향했다. 광을 낸 식탁 위에
볼 그릇 네 개, 은 숟가락 네 개, 컵 네 잔, 빈 토스트 꽂이와
사기 그릇 네 개가 놓여 있었다. 대문에 무력으로 응대라는
팻말이 붙어 있는 걸 봤더라면 골디락스라도 곰 세 마리 집
에 몰래 들어갔을까?

식탁을 냉큼 지나쳐 빌리 보이가 새장에 갇힌 채 살고 있
는 거실 문을 열었다. 거실에 들어서서 뒷마당이 내다보이
는 창문부터 열었다. 그러고는 새장에 덮인 회색 담요를 들
췄다. 빌리 보이가 작은 갈색 눈을 떴다. 아빠의 눈과 같은
색이었다. 빌리 보이의 발톱을 세어 보았다. 옳거니, 여덟
개가 빠짐없이 다 있으니 진드기는 없었다. 다음으로 숨 쉬
는 소리에 귀를 기울여 딸깍 소리가 나는지 확인했다. 마지
막으로 부리에 난 구멍이 막히지는 않았는지 꼼꼼히 살폈
다. 막대 장치를 조작해 새장 문을 열었다.

빌리 보이가 날개를 들었다. 그러더니 다시 접어 작고 파
란 몸에 밀착시켰다. 이어 한쪽 발을 공중으로 치켜들고 잠
시 머뭇거리더니 곧 횃대에 다시 발을 내려놓았다. 사방에
서 새들이 노래하고 있었다. 나탈 전역에 걸쳐 새들이 아침

을 알리는 햇빛을 향해 지저귀며 파랑새에게 어서 자유의 몸이 되어 저희와 함께하자고 격려하는 것만 같았다.

내가 내 어린 시절을 점철하던 불안을 빌리 보이의 작디작은 몸통에 모조리 쏟아부었던 것이라면, 빌리 보이로서는 여간 무거운 짐을 짊어진 게 아니었다. 그러니 몸이 무거울 수밖에 없었다. 내가 자기에게 영혼을 부여한 셈이었지만, 정작 빌리 보이는 아랑곳하지 않았다. 자기를 위해 온갖 것을 상상하고 내 온 비밀스런 소망을 자기에게 투영해 왔건만. 내가 자기를 위해 다른 삶을 지어 줬음에도, 빌리 보이는 자유이고 싶지 않았던 것이다. 명색이 새라지만, 고로 비행 기계나 다를 바가 없어야 하지만, 자유보다는 새장을 더 좋아하는 것처럼 보였다. 내가 빌리 보이를 위해 상상해 온 모든 것이 그 자리에서 죽은 셈이었다. 어째야 좋을지 알 수가 없었다. 배신감과 막막함에 사로잡힌 채 나는 옥중에서 굳이 여생을 보내고 싶어 하는 새로부터 발길을 돌렸다.

그때였다. 날개를 퍼덕이는 소리. 벽난로 선반에서 쟁그랑 하고 떨어진 은제 찻잔. 파란 점. 파란 원. 정원에서 풍기는 스위트피 향기. 털빛 붉은 고양이가 꼬리를 높이 쳐들고 거실로 자박자박 들어서던 마침 그 순간, 빌리 보이가 창밖으로 날아올랐다.

내 새로운 가족과 식탁에 둘러앉아 아침 식사를 하면서, 나는 모든 게 정상인 척 굴었다. 안 그래도 지난 몇 년에 걸

처 모든 게 '정상'인 척해 온 터라 이 무렵에는 꽤나 능숙해져 있었다. 에드워드 찰스 윌리엄은 잉글리시 마멀레이드를 바른 토스트를 와그작거렸고 도리 대모는 자기 가슴보다도 크기가 작은 찻주전자로 차를 따랐다. 오늘 멀리사는 비서 시험을 치르는 날이라고 행운을 위해 평소보다 벌집 머리를 3인치쯤 더 높게 올린 모습이었다. 시험 보는 데 필요한 에너지를 충전해 줄 거라면서 멀리사는 속기 교재를 펼쳐 놓고 크림소다를 마시고 있었다. 빌리 보이는 아침 햇살이 내리쬐는 한 그루 나무의 우듬지에 올라 이파리에 몸을 기댄 채 지금쯤 곤히 잠들어 있을 터였다.

자유였다. 빌리 보이는 자유였다.

교복 신발의 버클을 채우다가 그제야 도리 대모가 비명을 내지르는 소리를 들었다. 나는 평소보다 시간을 끌며 버클의 셋째 구멍에 집중했다. 몇 번 시험 삼아 버클을 채워 본 후에야 둘째 구멍에 맞춰야 발이 더 편할 것 같다는 결론을 내리고 처음부터 버클을 다시 채웠다. 그러고야 도리 대모가 있는 곳으로 가 보니 도리 대모가 작은 두 손을 허공에 쳐들고 빌리 보이, 빌리 보이를 되풀이해 외쳐 대고 있었다. 도리 대모는 여러 가지를 알고 싶어 했다. 어째서 새장 문이 활짝 열려 있지? 벗지가 어떻게 새장 문을 열어? 시험에 늦게 생긴 멀리사는 흰색 카디건을 걸치는 동시에 엄마에게

둘째 역사적 동력

휴지를 갖다주느라고 허둥거렸다.

"꼬맹이는 야단치지 마요."

"하지만 밖에서 살아남을 리가 없잖니. 이미 죽었을지도 몰라."

"엄마가 이해해야 해." 멀리사가 속기법 필기가 담긴 공책을 찾아 두리번거리며 말했다.

"뭘 이해해야 한다는 거야?"

"쟨 벗지가 자기 아빠라고 생각한단 말이야."

"빌리 보이가 벗지 새지, 어떻게 새 말고 다른 게 될 수 있다고?"

이 질문이야말로 인류가 광물 색소를 이용해 동굴 벽에 동물 그림을 그리기 시작한 이래 지금껏 답하고자 씨름해 온 질문의 요체였건만, 멀리사의 엄마는 이 사실을 미처 깨닫지 못하고 있었다. 멀리사가 거실 밖에서 이 대화를 엿듣고 있던 나를 발견하고는 냉큼 달려들어 내 교복 넥타이를 잡아채더니 화장한 얼굴을 바짝 들이밀었다.

"망할 것. 대체 엄마 새를 왜 풀어 준 거야?"

내가 답하기도 전에 멀리사는 어디론가 뛰쳐나갔고 곧이어 우주선에 시동을 거는 소리와 차도 위로 타이어가 요란히 미끄러지는 소리가 들렸다. 에드워드 찰스 윌리엄이 시험일이라고 멀리사의 우주선 비행을 다시 허락한 모양이었다. 난 정원으로 향했다. 조지프가 곳간에서 기침하는 소리가 들렸다. 매일 아침 조지프는 곳간에 앉아 캐럴라인과 은코시펜둘레라는 두 이름을 가진 가정부가 주석 그릇에 만들어 주는 가루밥이라는 되직한 죽으로 아침 식사를 했다. 난 여전히 신발 버클을 못 채운 채였다. 신이 자꾸 벗겨져서 몸을 굽히고 다시 시도해 봤다. 뾰족한 은색 바늘이 구멍에 영 들어가질 않았다. 얼마 후에 조지프가 곳간 문을 열더니 들어와 보라고 했다. 여전히 신발을 제대로 채우지 못한 나는 발을 질질 끌며 광으로 향했다. 광에서는 곰팡이와 등유 냄새가 났다. 조지프는 바닥에 놓인 매트리스에서 잠을 잤다. 의자에 녹색 담요 두 장이 얌전히 개여 있었다. 구석 고리에는 윗옷이 걸려 있었다.

"네가 마님 벗지 새를 잃어버렸다면서."

마님은 도리 대모였다. 나리는 에드워드 찰스 윌리엄이었다. 때때로 나리 말고 '바아스'라고 부를 때도 있었다. 나리와 바아스와 마님은 백인종이었으며 잉걸랜드 왕과 왕비처럼 아침 식사로 훈제 청어와 마멀레이드를 잡수셨다.

"저길 봐라." 조지프가 식탁 삼아 거꾸로 엎어 놓은 나무 궤짝을 가리켰다. 궤짝 위에 주석 그릇이 놓였는데 빌리 보이가 그 언저리를 폴짝거리며 안에 든 된죽을 쪼아 먹고 있었다.

"지붕에 올라가 있길래 잠잘 데를 내줬지." 조지프가 껄껄 웃기 시작했다. "그런데도 아직 파란 알을 낳지 않은 걸 보니 우리가 한 끼 나눠 먹기는 글렀구나. 그릇 덮을 뚜껑을 줄 테니 그대로 마님께 돌려다 주거라."

빌리 보이를 데리고 집에 와 보니 마님이 소파에 드러누워 『사랑은 속삭여 하는 말』이라는 책을 읽고 있었다. 마님이 부르기 쉬우라고 자기 이름이 캐럴라인인 척하며 지내는 가정부가 찻주전자와 딸기 잼 비스킷 두 조각을 가지런히 올린 받침 접시를 쟁반에 담아 들여왔다. 마님의 통통한 손가락이 쟁반을 가로질러 과자를 움켜쥐었다. 과자를 한 입 베어 포슬린 자기 같은 치아로 와그작와그작 씹는 소리가 들렸다. 그 순간 빌리 보이가 지저귀었다. 마님이 벌떡 몸을 일으키며 외마디를 내질렀다. 가느다란 입술에는 잼을 묻히고 혀끝에는 과자 부스러기를 붙인 채로. 빌리 보이를 새장에 도로 가두고 문을 쾅당 닫은 마님은 말 한마디 없이 내 옆을 지나쳐 전화기로 향했다. 곧 쩌렁쩌렁 귀티 나는 음성으로 남아공항공사와 연결해 달라고 말하는 소리가 들려왔다.

그날 오후, 갖은 죄목으로 손에 매를 맞고 있는 여자애들을 수녀원 안뜰 회랑의 벤치에 앉아 지켜보면서 나는 내 삶에 머잖아 변화가 일리라는 걸 직감했다. 하지만 당장은 눈앞에 펼쳐진 죄와 벌의 안무를 관찰하는 데 여념이 없었으니, 이는 내 삶이 어떻게 바뀌건 그 변화가 나를 다른 곳으로 데려가리라는 걸 안 까닭이었다. 죄지은 여자아이가 손바닥이 위로 오도록 두 손을 하늘로 치켜들었다. 그러면 수녀 선생님이 1미터 자로 손바닥을 두 번, 아니, 세 번 갈겼다. 조언 수녀님이 라번이라는 유난히 죄 많은 여자아이 손을 한참 매질하는 사이, 도리 대모가 회랑을 뒤뚱대며 내려오는 모습이 눈에 들어왔다. 라번이 사랑의 잇자국이라면서 제 남자 친구가 목에 남긴 붉은 자국을 나한테 보여 준 게 어제였다. 사랑에 겨워 글쎄 라번을 물어 버린 거다! 조언 수녀님이 대모와 몇 마디 주고받더니 나를 손짓해 불렀다. 내가 빌리 보이를 새장에서 풀어 준 일을 수녀님이 알게 됐으니 이제 정화의 매가 내 손을 내리치겠지.

"이리 와 봐라."

놀랍게도 조언 수녀님은 나를 벌하는 대신 몸을 숙여 내 신발 버클을 채워 줬다. 그 무렵에 수녀님은 내게 프랑스어를 가르쳐 주고 있었는데, 이건 물론 내 인생을 통틀어 가장 고상한 일에 해당했다. 수녀님은 내게 잔 다르크가 본 환영에 대해 얘기해 주었고, 신발을 뜻하는 단어를 가르쳐 주었다. 지금도 수녀님은 프랑스어로 신발을 뭐라고 하느냐고 내게 묻고 있었다. 내가 "윈 쇼쉬르"라고 대답하자 수녀님은 몸을 일으키더니 내 이마에 서늘하고 깨끗한 손바닥을 가만 올렸다.

"네가 향수병이 심해서 어머니에게 돌려보내게 됐다고 네 대모님이 그러시는구나. 그러니 오늘이 이 학교에서의

둘째 역사적 동력

마지막 날이야."

조언 수녀님의 신성한 베일 위로 눈물을 뚝뚝 떨어뜨리면서 나는 수녀님이 머리카락을 무지의 잡초라 이르며 본인의 머리를 싹 다 밀어 버렸던 일을 떠올렸다. 수녀님은 내게 머릿속에 든 생각을 입 밖에 내라고 말했지만 난 그 대신 글로 써 보는 편을 택했다. 가끔씩 쓴 글을 보여 드리면 수녀님은 꼭 시간을 내어 글을 끝까지 다 읽어 줬다. 그러고는 왜 읽고 쓸 줄 안다고 일찌감치 말하지 않았느냐고 물었다. 어째서 말하지 않은 거니? 난 모르겠다고 답했고, 수녀님은 읽고 쓰기처럼 "초월적인" 걸 두려워할 필요는 없다고 말해 주었다. 그 말은 통찰력이 있었다, 내 안에는 글쓰기의 힘을 두려워하는 부분이 분명 있었으니까. 초월적인 것이란 '너머'를 뜻했고 내가 만일 '너머'를 글로 쓸 수 있다면, 그게 정확히 무얼 의미하든 간에, 그럼 난 지금 있는 곳보다 더 나은 곳으로 도망칠 수 있을 터였다. 라빈처럼 나도 사랑에 물린 기분이었다. 조언 수녀님에 대한 사랑에. 수녀님은 신앙은 바위가 아니라고, 하느님은 어느 날은 그 자리에 있고 어느 날은 없다고 내게 일러 줬다. 난 그게 사실이라면 수녀님이 하느님을 잃고 마는 날들이 진심으로 안쓰럽다고 생각했다. 난 프랑스어로 안녕히 계시라고 인사하는 말을 떠올리려고 생각에 잠겼고 결국 기억해 내 "오 르부아르 쇠르 잔" 하고 말하면서 문득, 수녀님 이름이 잔 다르크('조언' 오브 아크)와 같다는 걸 깨달았다. 이 생각에 왠지는 몰라도 눈물이 두 배로 늘었다. 영문을 몰라 당황한 대모가 핸드백을 딸깍 열어 쪽지를 건넸다.

"멀리사가 전해 주라더라."

피트먼 부호로 쓴 쪽지였다.

"잘 가 내 괴짜 꼬맹이 친구."

6

"이틀 남았어! 이틀이면 아빠가 돌아온다!"

나는 이제 아홉 살, 샘은 다섯 살이었다. 샘은 아빠를 한 살 때 보고 못 봤다. 아침 식사 때 우리는 계핏가루와 설탕을 뿌린 토스트를 먹으며 아빠가 현관문을 들어서는 순간 건넬 말들을 소리 내어 연습해 봤다.

"안녕. 화장실이 어딘지 보여 줄까요?"

"안녕! 아빠 주려고 로켓 그림을 그렸어요."

"안녕! 내 발 사이즈는 이제 3이나 돼요."

그사이 엄마는 아빠가 집에 돌아와 입을 옷을 사러 다녀왔다. 엄마가 새로 사 온 옷을 바닥에 조심스레 펼쳐 놓고는 한번 살펴보라고 우리를 불렀을 때, 나는 가슴이 바짝 조여왔다. 킬림 양탄자 위에 남자 바지 두 벌과 새 정장 구두, 양말, 셔츠 두 벌, 밝은 색깔 넥타이 세 개가 놓여 있었다. 샘과 나는 면 셔츠를 손으로 만지작거렸다가 가죽 구두 코를 엄지손가락으로 눌러 보았다가 금세 또 양말 위치를 이리저리 바꿔 봤다. 그래, 아빠들은 원래 이런 옷을 입지. 우리는 첫 점심 식사로는 무엇을 준비하는 게 좋을지 한참 의논했고, 엄마는 우리에게 너무 수줍어 말고 평소 모습대로 행동하도록 노력하라고 했다. 우리는 진지하게 고개를 끄덕이고는 평소 우리 모습을 연습하러 갔다.

샘은 공원에 가서 사람들이 잔디 위에 밟아 끈 담배꽁초를 한 줌 모아 왔다. 집에 올 때까지 주머니에 고이 넣어 뒀다가 작은 유리병에 옮겨 담았다. 샘은 아빠들이 "밟은 꽁초"를 좋아한다고 믿었다. 마리아는 가진 옷 중 제일 좋은 드레스를 꺼내 입었다. 자기 진짜 아이들이 사는 집에 갈 때 입는 드레스였다. 신발을 신기에 앞서 마리아는 내게 건조한 자기 발뒤꿈치에 바셀린을 바르라고 시켰다.

"동물원 호수에서 글쎄 뭘 찾았다는지 아니?"

"뭘 찾았대요?"

"사람 머리. 이쪽 발에도 발라야지."

"어린애 머리를요?"

"아니. 어른 남자 머리야."

"우리 아빠요?"

"아니. 너희 아버지는 집에 오시는 길이잖니."

아빠가 엄마와 프레토리아 중앙 교도소에서 같이 차를

타고 오리라는 거야 물론 알고 있었다. 하지만 아빠가 이제 어떻게 생겼을지는 통 감이 오지 않았다. 아빠를 한눈에 알아볼 수 있도록 나는 어둑한 복도에 놓인 전화기 옆 흑백 사진을 무릎에 올려놓고 기다렸다. 다섯 해 동안 편지와 전언으로 사랑을 전해 왔던 아빠를 내내 대신해 준 사진이었다. 교도소에서 나눠 주는 종이 위에 볼펜으로 적어 보낸 키스와 포옹의 문자들, XXXXX OOOOO. 샘과 나는 부모님 집 앞의 돌 문설주에 각각 올라탔고 난 아빠 얼굴을 머리에 확실하게 각인하기 위해 틈틈이 무릎 위 사진을 들여다봤다. 문설주는 6피트가 넘는 높이로 도로를 마주 내다보고 있었다. 차가 집 앞을 지나칠 때마다 우리는 손을 흔들었다. 새로 뜯은 럭스 비누로 깨끗이 닦은 손으로.

이유는 모르겠지만 난 아빠가 흰색 차를 타고 돌아올 줄 알았다. 애초 아빠를 실어 갔던 차와 같은 색 차를 타고 올 거라고 생각했던 거다. 흰색 차가 지나갈 때마다 원피스에 수놓인 흰 데이지 꽃 아래로 심장이 벌렁였다. 아빠가 나타나지 않고 있다는 공황감에 내 주위의 모든 게 속도를 늦췄다. 구름은 느릿느릿 하늘을 가로질렀다. 사람들이 인도를 더디게 지나쳤다. 개들마저 느리게 짖어 댔다.

작은 빨간색 승용차 한 대가 골프장에서 좌회전하더니 집 앞 도로로 진입했다. 반짝이는 에나멜 구두 속으로 발가락에 힘을 잔뜩 준 채 나는 기다렸다. 차가 정지하기도 전에

둘째 역사적 동력

문이 열리더니 한 남자가 차에서 뛰쳐나와 우리를 향해 달려왔다. 우리는 그를 대번에 알아봤다. 무릎에 놓인 사진을 볼 필요도 없었다. 문설주가 워낙 높아 내려오는 데 한참이 걸렸다. 아빠가 기다리는데 우린 좀처럼 내려가질 못하고 있었다. 팔다리를 어정쩡히 휘저으며 기둥을 내려가느라고 정신없는 가운데 우리 아빠인 남자가 샘과 내 다리를 붙잡더니 우리 둘을 번쩍 들어 품에 안았다. 엄마가 거실에 늘 어놓은 걸 보고 우리가 멋있다고 감탄했던 셔츠를 입고 있었다.

아빠는 우리를 껴안았고 우리는 무슨 말을 해야 좋을지 몰랐다. 아빠는 우리를 한 번 더 꼭 껴안고서 금 간 틈새로 이끼가 자라난 포석에 우리를 내려놓았다. 그러고서 넷이 다 같이 대문을 지나 부엌으로 향했다. 마리아가 아빠를 보더니 포옹했고 난 아빠가 "탄디웨"라고 말하는 걸 들었다. 엄마가 와인 세 잔을 따랐다. 아빠와 마리아와 엄마가 잔을 들어 올렸고, 우리는 하나같이 아빠에게 시선을 돌렸다. 아빠는 조심스레 와인 한 모금을 마시고는 잠시 머뭇거리다가 잔을 내려놓았다.

"5년 동안 유리잔 하나를 못 봤어."

아빠는 야위었고 얼굴은 창백했다. 식탁에 앉은 후에야 아빠는 다시 와인을 마셨다. 그러곤 앞에 놓인 접시를 들어 손으로 쓰다듬었다. "도자기의 느낌도 잊고 지냈어. 찻잔은 어떻게 들고 포크는 어떻게 쓰는지 처음부터 다시 배워야겠는데."

아빠는 5분 가량 들여다보던 흰 자기 그릇을 내려놓고 자리에서 일어났다.

"정원이 어디지?" 고개를 한쪽으로 갸우뚱하게 기울이며 아빠가 날 보고 웃었다. "눈사람이 보고 싶은데."

하지만 정원에는 눈사람이 없었다. 새로 산 흰색 리넨 식탁보를 손목에 칭칭 감으며 동생은 시선을 바닥으로 떨궜다. 엄마는 창문에 앉은 파리를 쫓으려 편지 봉투를 흔들었다.

"정원에 모시고 가 봐." 마리아가 내게 손짓하며 말했다.

아빠가 정원에 서 있다. 혼탁해진 설경을 연상시키는 연회색빛 안색. 움직이는 건 오직 두 눈뿐. 팔은 몸 양쪽에 뻣뻣이 뻗어 있다. 아빠가 어느새 다시, 이리도 고요하고 조용히, 정원에 돌아와 섰다. 어딘가 다친 듯이 보이는 모습으로. 아주 깊숙한 곳 어딘가를.

"아빠, 그사이 고양이가 죽었어요."

아빠가 차가운 손가락으로 내 손을 꽉 쥔다.

"아빠란 말을 다시 들으니 참 좋구나."

두 달 후에 우리는 남아공을 뒤로하고 영국으로 떠났다. 배가 동케이프주의 포트엘리자베스 부둣가를 떠날 때, 탑승객들이 미리 받은 두루마리 화장지를 갑판에서 풀어헤

둘째 역사적 동력

쳤다. 육지에서 손을 흔들어 보이는 친구와 가족 들이 휴지 반대쪽 끝을 쥐고 있었다. 배가 바다로 서서히 나아갈 동안 날 송별하러 온 멀리사가 내 두루마리 끝을 내내 붙잡고 있었다. 파란 하늘로 뱃고동이 울려퍼졌다. 멀리사가 방방 뛰며 무슨 말인가 외치는 모습이 보였지만 소리가 귀에 닿지는 않았다. 바람에 실려 온통 뒤섞여 버린 단어들은 잉글랜드를 향해 배를 미는 끌배 여러 척의 소음에 묻히고 말았다. 멀리사는 내게 목소리를 내라고 격려한 최초의 사람이었다. 붓질로 그려 넣은 파란 눈과 내 키만큼이나 높게 쌓은 금발 벌집 머리를 한 멀리사는 씩씩하고 의기 넘치고 대담했으며 자신의 처지를 받아들이려 최선을 다하는 사람이었다. 목소리가 들리지는 않았지만 멀리사가 내게 외치고 있는 말들이 소리 내어 말하기와 관련돼 있으며, 내가 바라는 바를 솔직히 인정하라는, 세상에 굴할 것이 아니라 그 안에서 올곧이 살아가라는 호소와 관련돼 있다는 것만큼은 알 수 있었다.

사우샘프턴 부두에서 내 식구의 전 재산이 든 나무 트렁크 세 개를 들어올리던 기중기의 모습은 잊고 싶다. 내가 간직하고 싶은 기억은 딱 하나다. 마리아가, 자마가, 밤중에 포치 계단에 앉아 연유를 마시던 모습. 아프리카의 밤은 온화했다. 별들은 총총 빛났다. 난 마리아를 사랑했지만 마리아도 날 사랑했는지는 확실히 모르겠다. 정치와 빈곤이 마리아를 자기 자식들로부터 격리시켰고 그 대신 돌봐야 하는 백인 아이들로 인해, 자기의 돌봄 아래 있던 모든 사람과 사물로 인해 마리아는 녹초가 되어 있었다. 하루가 저물 무렵에야 그는 삶의 활력을 빼앗고 피로감을 안기는 사람들에게서 벗어나, 자신의 인품과 삶의 목적에 대해 이러쿵저러쿵하는 신화들에서 잠시나마 벗어나 쉴 곳을 찾을 수 있었다.

남아프리카공화국에 대한 내 다른 기억들에 관해서라면 알고 싶지 않다. 영국에 도착했을 때 내가 원한 건 새로운 기억이었다.

순 이기주의

> 영국에서는 분식집을 '워킹 맨스 카페'라고도 부르며,
> 남부에서는 이를 줄여 흔히 '캐프'라고도 일컫는다.……
> 전형적인 워킹 맨스 카페는 계란 프라이, 베이컨, 블랙 푸딩,
> 버블 앤드 스퀴크, 소시지, 버섯, 감자튀김 등 튀김과 그릴 요리를
> 취급한다. 여기에 대개 베이크드 빈스가 곁들여진다.
> 위키피디아

잉글랜드, 1974년

내 나이 열다섯에 난 챙 둘레를 따라 네모난 구멍이 송송
뚫린 검정색 밀짚모자를 머리에 쓰고 버스 정거장 옆 분식
집에 앉아 종이 냅킨에 글을 쓰곤 했다. 작가란 모름지기 그
리해야 한다는 어렴풋한 생각 때문이었는데, 이게 다 프랑
스의 카페에 앉아 에스프레소를 마시며 본인이 얼마나 불
행한지 써 내려가던 시인과 철학자 들에 관한 책을 읽은 탓
이었다. 그 당시 영국에 그런 유의 카페라곤 몇 곳 없었고,
더욱이 웨스트핀칠리에서는 찾아볼 길이 없었다. 1974년은
광부들이 파업에 돌입하고 보수당 정부가 전력 소비를 줄
인다는 명목으로 근로 일수를 주 5일에서 3일로 전환한 해
이자 중국이 영국 국민에게 흑백 판다 두 마리(칭칭과 치아

치아)를 선물한 해였다. 내게는 토요일 아침 분식집으로의 도주를 은행털이범 못잖게 치밀하게 계획하던 해였고 말이다. 한번은 자살 충동에 사로잡힌 벌 떼 때문에 내 계획을 크게 망칠 뻔한 적도 있었다. 세탁기 위의 선반에 있던 꿀단지가 중력의 법칙을 모조리 거슬러 세탁기 안으로 떨어지는 사태가 벌어지고 말았던 것이다. 우리 집에는 뭐든 뚜껑이 제대로 닫혀 있는 법이 없었으므로 당연히 뚜껑도 없는 채였다. 그 덕에 이제 스테인리스스틸 세탁조가 꿀로 가득 찼을 뿐 아니라 창밖의 벌집에서 세탁기 안으로 덩달아 날아들어 온 꿀벌들이 양껏 꿀을 취하며 무아경에 빠져 그 속을 기어 다니고 있었다.

그리하여 식구들 중에서 하필 내 몫으로 지정된 집일에 (우리 가족은 토요일마다 집일을 나눠 맡았다) 티스푼으로 드럼통 속 벌들과 꿀을 제거하고 벌의 시신을 처리하는 일이 추가되었다. 세탁기 앞에 무릎을 꿇고 바닥에 손을 짚은 채로 드럼통에 머리를 들이밀고 있자니, 문득 이 자세가 몇몇 여자 시인이 자살 충동에 사로잡혀 인생에 종지부를 찍으며 취했던 자세라는 사실이 뇌리를 스쳤다. 그들이야 세탁기가 아니라 가스 오븐에 머리를 처박긴 했어도 말이다. 티스푼으로 벌을 떠내느라 이리 무릎을 꿇고 있는 내 처지가 어딘지 모르게 치욕적이고 한편으론 종교적이란 생각이 들었는데, 그 이유까지 생각할 기운을 자아내기에는 손이

셋째 순 이기주의

너무 아팠다. 적어도 다섯 마리는 되는 벌이 마지막 남은 숨으로 용케 기운을 그러모아 나를 쏘고 말았건만, 그런다고 내게 위로를 건네는 사람 하나 없었다. 엄마는 "그래, 벌이란 쏘기 마련이지"라며 손을 찬물에 담그라고 일렀다. 그러고는 뒤늦게 생각났다는 듯이 "러시아에선 관절염 부위에 벌침에서 얻은 독을 바르기도 해"라고 덧붙였다. 동생 샘을 매수해 이 일을 떠넘겨 보려 했지만 샘은 테디 보이 스타일로 앞머리를 말느라 여념이 없었다. "벌은 눈이 엄청 많대." 엄마 헤어드라이어의 소음 너머로 샘이 외쳤다. "여섯 개는 될걸." 샘과 나는 벌을 가까이서 촬영한 텔레비전 방송을 본 적이 있는데, 벌이란 사막 지역에 살며 씨앗 있는 열매를 수분하는 이른바 "중추적인 공생체"라고 했다. 내레이션에 따르면 꿀벌은 곤충 중에서 가장 고차원적인 존재이며 튼튼한 벌 군집의 경우 지구에서 달까지의 거리에 해당하는 거리를 매일 날아다닌다고 했다. 이어 들판에 연기를 질러 벌들을 벌집서 내쫓는 광경이 나왔다. 나는 어떡한다? 세탁기에 불을 질러? 내 삶에서 최대한 빨리 벗어나고 싶은 절박감에 나는 스틸 드럼통 구멍에 자스민 향 선향을 네 개 꽂아 불을 붙여 보았다. 이 중추적인 공생체들이 연기를 참지 못하고 자발적으로 세탁기에서 나와 준다면 굳이 티스푼으로 퍼낼 필요가 없지 않을까 싶었서였다. 그렇긴 해도 난 이 벌들이 곤충 중에서 가장 고차원적인 존재이며 그런 만큼 움직이기조차 귀찮아한다는 걸 알고 있었다. 결과적으로 선향에서 떨어진 재가 그대로 꿀 위로 떨어졌고, 나는 벌은 물론 타 버린 선향과 그 재까지 퍼내야 하는 처지가 되었다. 벌들이야 여기가 천국인가 싶었을 테지. 꿈쩍 않고 천국에 머물길 원하는 벌들을 탓할 생각은 나도 없었다. 벌들 입장에서야 꿀이 넘쳐흐르는 이 세탁기가 내가 인생을 허비하고 있는 이 칙칙한 교외지―햇빛이나 씨앗 있는 열매 같은 보너스조차 존재하지 않는 또 다른 사막지대―에 비해 월등한 매력을 가질 수밖에 없단 걸 십분 이해했으니까.

열 시가 다 돼서야 쾌락에 젖어 통통하니 취기가 오른 마지막 네 마리를 『더 타임스』 스포츠 지면으로 쓸어 쓰레기통에 처박고 검정색 밀짚모자를 서둘러 챙겨 들고 나가던 길에, 나는 엄마가 내 통통 부은 손가락을 보며 후회와 자책감에 빠지길 바라는 마음으로 손을 흔들어 보였다.

"오븐 청소해야지. 그게 오늘 네 두 번째 심부름이잖아."

눈을 또랑또랑하게 뜨고 엄마를 노려보다가 눈이 너무 아파 관뒀다. 어느 때고 버젓하고 초연한 양 꾸미느라고 난 녹초가 돼 있었다. 걸리적거리는 데님 나팔바지를 질질 끌며 계단을 내려가 발갛게 달아오른 아리고 화끈거리는 오른손으로 현관문을 요란히 닫고서, 새로 산 라임색 통굽 구두를 신은 발로 뛴다고 뛰어 보았다. '홀리'Holy라는 테이크아웃 중국요리집과 '루번스'Reubans 세탁소를 지나는데 베이지색 플라스틱 카트를 갈지자로 질질 끌며 인도를 걷던 어르신이 "그 모자 재밌구나"라고 한마디 건넸다.

　한시 빨리 내 삶에서 도망쳐야만 했다.

　분식집의 김 서린 창과 자욱한 담배 연기에 둘러싸여 있자니 이 절박감에 가속이 붙었다. 내겐 시간이 너무 없었다. 무엇을 하기 위한 시간? 그야 알 수 없었지만 여하간 지금과는 다른 삶이 나를 기다리고 있으리라 굳게 믿었고 그러므로 오븐 청소에 앞서 그게 뭘지부터 파악해야 했다. 나는 서둘러 계란과 베이크드 빈스, 베이컨, 버블 앤드 스퀴크를 주문했다가 토마토소스에 조린 콩과 양배추 지짐이인 버블 앤드 스퀴크를 둘 다 주문하기에는 돈이 모자란다는 걸 깨닫곤 빈스를 취소했다. 입천장을 델 만큼 뜨거운 홍차가 든 머그잔을 벌에 쏘이지 않은 손으로 쥐어 들고서 나는 공사장 인부와 버스 운전사 들 사이를 비집고 들어가 작가의 삶을 흉내 내는 중대한 일을 시작하려 포마이카 테이블에 앉았다. 자리에 앉자마자 소금, 후추, 케첩, 브라운소스, 냅킨이 일렬로 담긴 유리통 세트에서 흰색 종이 냅킨을 집어 잉크가 새는 파란색 볼펜으로 글을 쓰기 시작했다. 난 냅킨에 이 단어를 적었다.

ENGLAND

'잉글랜드'는 글로 적기에도 설레는 단어였다. 엄마는 우리가 엑자일에 살고 있다면서 언젠가는 내가 태어난 나라로 돌아가게 되리라고 했는데 이 말에 난 덜컥 겁이 났다. 내가 잉글랜드가 아닌 엑자일에, 영국이 아닌 망명지에 살고 있다니. 새로 사귄 친구인 주디에게(주디는 루이셤에서 태어났다) 망명지에 살고 싶지 않다고 말하자 주디는 "그러게, 나라도 열라 무서울 것 같아"라고 했다. 주디는 영화 「카바레」에 나온 라이자 미넬리를 닮고 싶어 했는데 라이자는 미국인이었다. 주디네 아버지는 부두 노동자였으며 뼛속들이 잉글랜드 사람이었다. 암으로 돌아가셨다고 했고, 배에서 내리던 화물에 든 석면 때문이었다는 것 같은데 주디도 자세한 사정은 잘 몰랐다. 주말이면 나는 주디의 손톱에 반짝거리는 초록색 매니큐어를 칠해 라이자로 변신시켜 주었는데 그렇게 함으로써 주디는 열두 살 때 영국에서 아버지를 여읜 주디 말고 다른 사람이 될 수 있었다.

영국에서의 생활에는 여전히 내 이해를 넘어서는 몇 가지가 있었다. 그중 하나는 바로 이곳 카페에서 일어나는 일이었다. 분식집 주방장인 앤지는 매번 내 눈에는 도무지 익은 것으로 보이질 않는 베이컨을 갖다줬다. 따끈하게 데운다고 핫플레이트에 올리기는 하는데 정작 조리는 깜빡하고 안 한 건가 싶을 정도였다. 나로선 굉장히 속상한 일이었다. 노여운 분홍빛을 띤 접시 위 베이컨을 보면서 옆구리에 상처를 입었을 돼지를 떠올리지 않을 수가 없었던 탓이다. 지금 이 순간 잉글랜드 어딘가에 옆구리가 도려진 채 여전히 살아 뒤뚱거리며 뛰어다니는 돼지 한 마리가 있다는 말이었다. 그렇다고 앤지에게 베이컨을 더 오래 익혀 달라고 말할 수도 없는 노릇이라고 느꼈는데, 이건 내가 잉글랜드에 사는 사람도 아닌 데다가—나는 망명지에 살고 있었으므로—이런 조리법이 나를 손님으로 받아 준 나라의 풍습이려니 여겼기 때문이다.

"무너질 일이 있나, 애초 하나로 응집했던 적이 없는데."

내 10대를 사로잡은 영웅은 이런 글을 남겼다. 정확히 이 단어들을 쓴 건 아니지만 여하간 얼추 이런 의미였다. 그의 빤한 눈길을 난 거울 앞에서 흉내 내 보곤 했다. 내가 보기에 앤디 워홀이 미국 통조림 수프 그림을 그렸던 이유는 통조림 캔을 하나 그릴 때마다 제 부모님이 태어난 동유럽의 저 단조로운 갈색 들판 풍경으로부터 도망칠 수 있었기 때문이다. 클램차우더 수프 통조림을 하나 그릴 때마다 그는 뉴욕에 그만큼 더 가까워지고, 어머니와 함께 살고 있던 피츠버그라는 망명지로부터는 그만큼 더 멀어질 수 있었던 것이다. 앤디가 남긴 이 말은 내가 매일 밤 잠들기 전에 외는 기도문과 같았고, 분식집에 앉아 잉글랜드란 단어를 쓰려고 냅킨을 한 더미 쌓아 놓고 있는 지금도 내 마음을 헤집었다. 머그잔에 든 차를 마시며 빨간색 런던 버스가 정거장에 도착하고 떠나가는 모습을 지켜보다가 앤디의 가발 컬렉션을 떠올렸다. 듣자 하니 그는 가발을 모조리 상자에 넣어 뉴욕에 있는 제 팩토리에 보관했으며 가발을 쓸 때는 머리에 아예 풀칠해 붙였다고 한다. 변장이라면 내게도 생소한 일이 아니었기에 앤디에게 더 관심이 갔던 것이기도 하다. 주디가 아무리 라이자 흉내를 내도(망사 스타킹에 벨 벳 핫팬츠를 입고 윔피 버거 바에 가곤 했다) 그건 엄밀히 말해 변장은 아니었다. 「카바레」를 안 본 사람이 없었으므로 주디가 누구를 염두한 건지 다들 한눈에 알아볼 수 있었던 반면, 나는 스스로조차 내가 누구를 염두한 건지 잘 몰랐고 이는 앤디가 남자여서이기도 했다. 주디는 내게 데이비드 보위에게 집중하라고 했다. 데이비드 보위는 루이섬에서 멀지 않은 베커넘 출신의 스타맨으로, 지금은 화성이라는 망명지에 살고 있었다.

영국 사람들은 친절했다. 나를 '펫', '러브'라고 불렀고 길을 가다가 나와 부딪치면 '쏘리'라고 말했다. 난 몸가짐이 둔했는데 이건 내가 영국을 잠결에 거닐고 있기 때문이었고, 영국 사람들이 이걸 크게 개의치 않은 건 저희도 영국을—잉글랜드를—잠결에 거닐고 있는 까닭이었다. 이게 다 겨울만 되면 해가 워낙 빨리 지는 곳에 살다 보니 그렇게 된 것이리라는 게 내 생각이었다. 오후 네 시만 되면 누군가가 영국이란 나라의 전기 코드를 쓱 뽑아 버리는 것만 같았다. 제일 신기했던 건 옆집 사는 조언이 구멍가게 맞은 편에 있는 월스 아이스크림 가판대에 반려견 목줄을 감으며 개가 대답이라도 할 줄 안다는 양 말을 걸 때였다.

"홀리야, 아가씨에게 인사해야지."

조언이 이리 말하고 나면 꼭 멋쩍은 침묵이 흘렀다. 하지만 조언은 창피해하지 않았다. 개가 뒷발로 귀를 긁적이거나 인도에 붙은 껌만 바라본들, 조언에게는 홀리가 말을 안하는 이유를 둘러댈 핑곗거리가 있었다. "저런, 오늘따라 홀리가 기분이 싱숭생숭한 모양이네?"

EnglAND

eNGLAND

ENgland

잉글랜드 낙서 말고도 나는 재빠른 손놀림으로 흰 종이 냅킨에 이런저런 구절을 끄적였다. 내 이 행동(끄적거림)과 의상(검정색 밀짚모자)은 AK-47 소총으로 무장한 것과 비등한 효과를 빚었다. 신문 지면에서 만나는 제3세계 어린이들 손이라면 초콜릿 꽂힌 소프트아이스크림 대신 반드시 들려 있기 마련인 그런 소총 말이다. 내 옆자리 인부들이 보기에 나는 어딘가 유별나고 어딘가 온전치 않았다. 글쓰기를 통해 나는 어딘지 모르게 유난한 지위에 진입하고 만

셈이었고 그렇기에 그들은 내게 말을 걸거나 소금 좀 달라고 묻는 것조차 꺼림칙하게 여겼다. 나는 겉도는 존재였다.

글을 쓸 때 나는 내가 실제보다 더 지혜로워졌다고 느꼈다. 지혜롭고 슬픈 사람이 된 기분이었다. 내게 작가란 그런 존재여야 했다. 게다가 난 어차피 슬펐다. 내가 쓰는 문장들보다도 더 슬픈 애였다. 나는 슬픈 여자애를 연기하는 슬픈 여자애였다. 그맘때 엄마와 아빠가 막 별거에 들어간 참이었다. 장롱에는 아빠의 옷가지가 여전히 남아 있었지만(윗옷, 구두, 옷걸이 가득 걸린 넥타이) 책은 선반에서 모두 사라지고 없었다. 가장 견디기 힘든 건 욕실 벽장 안에 쓸쓸하게 남겨진 면도솔과 편두통 약의 모습이었다. 엄마와 아빠의 사랑은 영국에 와서 엇나갔다. 샘도 알고 나도 아는 사실이었지만 우리로서는 손쓸 도리가 없었다. 사랑이 엇나갈 때 우리는 앞모습보다는 뒷모습을 마주하게 된다. 우리 부모님은 노상 서로에게서 등을 돌려 멀어지고 있었다. 가족 식탁에 같이 앉아서조차 따로따로인 외로운 공간을 만들었다. 각각 중경 어딘가로 먼눈을 팔며. 사랑이 잘못되기 시작하면 모든 게 잘못된다. 내 아빠로 하여금 내 방문을 똑똑 두드리고 들어와 이제부터 다른 곳에 가 살 것이라고 털어놓게 만들 정도로 잘못된다. 영국에 와서 장만한 양복을 꺼내 입은 아빠는 집 앞 도로만큼이나 파헤쳐진 낯을 하고 있었다.

셋째 순 이기주의

앤지가 내가 주문한 잉글리시 브렉퍼스트를 자리로 가져오더니 지나치게 가까운 거리에서 지나치게 오래 서성대며 브라운소스 병을 정리하는 척 시늉했다. 내가 어디서 왔는지 물어보고 싶어 한다는 걸 알 수 있었다. 자기가 보기엔 멀쩡한 것들에 내가 과한 호기심을 보이는 걸 앤지도 눈치챘으므로. 빨간색 2층 버스. 접시에 수북이 담긴 베이크드 빈스와 감자튀김을 열심히 먹고 난 뒤면 넘버 식스 담배를 입에 무는 남자들. 또 내가 케첩이 아니라 토마토소스를 달라고 말하고 신호등 대신 로봇이라고, 땡큐 대신 펜크유라고 말한다는 사실을 알아차렸으니까. 내가 주문을 취소했는데도 앤지는 베이크드 빈스를 한 그릇 가져다주었다. 영국 사람들은 믿을 수 없이 친절했다. 난 내 새 나라를 사랑했다. 이 나라에 속하고 싶었고 앤지만큼이나 영국인다워지고 싶었다. 그러고 보니 앤지가 전에 분식집 주인 남자와 이야기하며 이탈리아어를 썼던 걸 생각하면 앤지도 순전히 영국 사람인 건 아닐 수도 있겠다 싶었다.

베이크드 빈스를 거저 얻어 기분이 아주 좋았다. 냅킨 위에 낙서를 이어 가며 콩 한 알을 포크로 찔러 보았다. 아빠가 있지 않은 집으로 돌아갈 일을 생각하니 견디기가 힘들었다. 나는 그릇에 담긴 콩의 개수를 세어 보았다. 다행히 스무 알 남짓이었다. 이때껏 살아온 삶과 차별되는 내 새로운 삶에 어찌 다다를 것인지 헤아려 볼 시간을 그만큼은 번 셈이었다. 그런데 이에 대해 내게 실마리를 줄 수 있지 않을까 여긴 실존주의 작가들이야 보나마나—난 장-폴 사르트르의 성을 쓸 때마다 철자를 헷갈려 했으므로 아마도 장-폴 스타르라고 썼을 텐데—사악하다고밖에 할 수 없는 브릴로 수세미로 오븐을 닦아야 했던 적이 생전 없었을 테지.

브릴로 수세미가 사악한 이유는 단순히 까끌까끌한 소재로 된 네모난 수세미에 분홍색 세제가 첨가된 펠트 천이 한끝에 덧붙어서만은 아니었다. 내가 보기에 브릴로 수세미란 소녀와 여자 들의 인생을 허비하기 위해 고안된 물건이었다. 여기까지 생각이 미치자 어찌나 속이 끓던지 나는 세상의 부당함을 잠시 미루고자 토스트 한 조각을 더 주문했다. 장-폴 스타르는 프랑스인이었다. 앤디 워홀은 반은 체코인이어도 전적으로 미국인이었고 이건 라이자 미넬리—앤지처럼 절반은 이탈리아인이거나 그 외 온갖 것일 수 있는—도 마찬가지였다. 그 외 온갖 것에 해당할 만한 것들을 잉크 새는 볼펜으로 냅킨에 적어 보았는데 이건 시간을 제법 잡아먹는 일이었다. 어느 순간 고개를 들어 보니 버스 운전사와 공사장 인부 들은 그새 일터로 돌아간 모양이었고 앤지가 나타나 추가로 주문한 토스트 값을 치르라고 하고 있었다. 앤지가 토스트를 대령한 것조차 난 모르고 있었을뿐더러 아직도 콩 열다섯 알이 남아 있었다. 날 가장 불편하게 만든 사실은 앤지가 내 오른손에 쥐어진, 잉글랜드란 단어를 장장이 끄적인 냅킨 뭉치를 대놓고 노려보고 있었다는 것이다.

"냅킨은 내가 좀 들어 줄까?"

아니, 난 앤지가 내 냅킨 뭉치를 들어 주기를 원치 않았다. 내 비밀한 삶의 일부이자 내가 쓸 첫 소설의 일부가 될 냅킨인걸. 아직은 볼펜으로 끄적인 잉글랜드와 그 외 몇몇 단어나 문구에 불과할지언정 여하간 이 모두가 내 첫 소설의 일부가 될 것이었으니까. 냅킨을 손에서 놓았다가는 재앙이라도 닥칠 것처럼 휴지 뭉치를 단단히 붙들고 잔돈을 찾아 가방을 뒤적이는 내 모습을 앤지는 물끄러미 바라봤다. 앤지는 썩은 이가 세 개 있었는데 그 색깔은 서빙용 찻주전자에서 숟가락으로 떠내는, 연기를 모락모락 피우는 티백 색깔과 닮아 있었다.

"손은 어쩌다 그렇게 됐니?"

"벌에 쏘였어요."

앤지는 안됐다는 듯 코를 찡그리더니 '아야'라고 말하는 시늉을 하며 내 엄마보다도 더 살가운 반응을 보였다.

"벌이 어디 있었는데?"

"세탁기 안에요."

"아." 앤지는 니코틴 밴 천장으로 눈알을 굴렸다.

"꿀병이 세탁기로 떨어져서 벌들이 다 쫓아 들어왔어요."

"그랬니." 앤지가 미소를 지었다. 그러고는 내가 이 분식집에 발들인 순간부터 묻고 싶었던 게 분명한 질문을 했다.

"너 어디서 왔니?"

이제 나도 열다섯 살이 된 만큼, 남아공은 내가 생각하지 않으려 애쓰는 인생의 한 부분이었다. 영국에서 맞이하는 새로운 하루하루가 내게는 행복을 연습하고 새로 사귄 친구들에게 수영하는 법을 가르쳐 줄 기회였다. 내 생각에 구청에서 어느 날 수영장 물을 홍차로 채우기만 하면 잉글랜드 사람 모두가 두 팔 들고 환영하며 기꺼이 물속에 뛰어들 것이었다. 그리하여 순식간에 모두가 챔피언급 수영 선수가 되어 금메달을 주렁주렁 달 테지.

"그래, 어디서 왔는데?"

앤지가 내가 처음에는 못 알아들었나 싶었는지 질문을 반복했다.

"몰라요."

"아는 게 별로 없구나, 너?"

이 말은 가만히 수긍하는 게 낫겠다 싶었다.

잉글랜드 냅킨 뭉치를 쥐고 분식집을 나서는데 몸이 으슬으슬했고, 우리 집 중앙난방이 고장 난 사실이 떠올랐다. 이틀 전에 보일러를 고치러 온 남자는 "이 보일러의 사용을 오늘부로 금합니다. 법에 따라 새로 하나 장만하셔야 해요"라고 선언하더니, 곧 윙크를 해 보이며 보일러 전원을 도로

켜고는 다시 말썽 부리거든 전화 달라는 말을 남겼다―그리고 영락없이 보일러는 또 말썽을 피웠다. 난방 기사가 집에 들러 엄마가 '아만들라!'라는 단어가 새겨진 머그잔에 타 준 차를 마시고 떠난 지 불과 두 시간만에. 홍차를 건네며 엄마가 "아만들라는 줄루 말이고 '파워'를 뜻해요"라고 말하자 난방 기사는 "네에, 그래요, 이 집 보일러도 아직 몇 년 더 돌아갈 파워가 남아 있긴 할 겁니다"라고 대답했다.

발길에 이끌려 어느새 홀리라는 테이크아웃 중국요리집 앞에 당도한 나는 가게 창에 뺨을 대고 서서 내 인생이 달라지기만을 기다렸다. 거대한 숙주나물 봉지가 비스듬히 기대어 선 가게 문에는 닫힘 표시가 붙어 있었다.

열다섯 살 내 또래로 보이는 중국계 여자애가 가게 문을 열고 나오더니 인도에 놓인 나물 봉지를 영차 들어올렸다.

"문은 여섯 시에나 열어요." 여자애가 외쳤다.

나는 여자애의 청바지를 봤다. 데님 천에 나팔 밑단을 직접 댄 바지였다. 'I Love NY' 티셔츠는 배꼽 위까지만 왔고 바지 밑으로는 흰색 하이힐이 얼핏 보였다. 여자애도 내 검정색 밀짚모자를 유심히 보더니 눈길을 아래로 옮겨 내가 그리도 자랑스레 여기며 당장은 세상을 다른 시각에서 보게 만들어 줄 따름이지만 언젠가는 내가 핀칠리에서 도망치도록 도와주리라 믿는 라임색 통굽 구두를 내려다봤다. 여자애를 재촉하는 여자 목소리가 들려왔다. 얘도 나처럼 할 일이 있는 애였다.

집(웨스트핀칠리)에 도착했을 때 난 절망에 빠져 있었다. 대체 어떻게 망명지의 삶으로부터 도망친다? 망명지로부터 망명하고 싶었다. 엎친 데 덮친 격으로 샘이 거실 소파에 드러누워 다리 사이에 낀 북을 두드리고 있었다. 날 본 동생은 3초간 북 치던 손짓을 멈추고 심오한 말을 내뱉기 시작했다.

"왜, 닭다리를 드럼 스틱이라고들 부르잖아?"

"그런데?"

"하하하아 하하하 흐하하하아 흐하하하아아."

미치광이가 따로없었다. 나도 동생을 따라 덩달아 웃기 시작했다. 그랬더니 녀석이 이번에는 오페어가 옆방에 있는데 기분이 '영 아니니' 조용히 하라고 이르는 것이었다.

우리 가족이 영국으로 건너와 처음으로 장만한 제대로 된 웨스트핀칠리 집을 아빠가 떠나고 그로부터 두 달 정도 지났을 때, 엄마는 엄마가 직장에 가 있을 동안 "진지를 지켜 줄" 오페어를 하나 두겠다고 말했다. 샘과 나는 스웨덴에서 온 예쁘고 젊고 금발을 포니테일로 묶은 여자를 예상했다. 그런데 막상 문간에 나타난 오페어는 『중국공산당 제6기 중앙위원회 제6차 전체회의 1938년』이라는 제목의 두툼한 책을 든 남자였다. 머리는 벗겨지기 시작했고 배불뚝이에다가 성깔이 고약한 그는 자기 이름이 'F로 시작하는 파리드'라고 설명했다. 자기 이름은 F 자까지 운운해 가면서 우리 이름은 물을 생각도 않고 어째서 수시로 명령만 내려 대는 건지 우리로선 도통 파악할 수가 없었다. 파리드는 자기가 박사 학위 논문을 쓰는 중이라면서, 자기 목욕물을 규칙적으로 받아 놓는 것이 우리의 일이며 또한 자기는 홍차에 레몬 한 조각과 설탕 세 티스푼을 넣어 마신다고 일렀다. 그는 우리 집의 위생 수준에 경악한 나머지 런던정경대에서 돌아오는 대로 제 방 문을 걸어 잠그고 들어가선 통나오지를 않았고, 우리 집 부엌에서 요리를 하느니 차라리 피스타치오 너트 세 봉지를 한입에 비우는 편을 택했다. 파리드는 도대체 왜 우리 집 부엌에는 뚜껑이 제대로 닫힌 물건이 없는지 납득할 수가 없다고 했다. 그야 우리도 납득되지 않는 일이었다. 하다못해 새로 사 온 요구르트만 해도 은박지가 개봉되지 않은 걸 봐선 손도 안 댄 새 통인 게 분명한데, 무슨 이유에선지 겉뚜껑만 잃은 채로 개수대 옆에 나와 있었다. 가족 중 누군가가 오직 뚜껑을 벗기려는 일념 하나로 뚜껑을 벗긴 것이다. 딱 한 번 파리드가 부엌 바닥 청소를 한 날, 그는 물에 적신 수건을 맨발로 철퍼덕 눌러 밟고 리놀륨 바닥 위를 이리저리 걸었는데, 닭뼈와 케첩 병뚜껑에 넌더리를 내며 잔뜩 오므린 발가락으로 걸레를 미는 내내 카이로에 계신 자기 어머니라면 절대 집안이 이 지경이 되도록 놔뒀을 리 없다고 고함쳐 댔다.

우리도 속으로는 파리드의 말에 동의했고 우리 모두 카이로에 가 살 수 있길 바랐다. 그래, 그렇게 되면 우리도 깨끗한 방에 문 잠그고 들어가 열쇠를 아예 내버리고는, 창밖 피라미드를 구경하면서 누군가가 샌드위치를 가져올 때까지 기다려야지. 땅콩버터는 뱃속에 총알처럼 얹혀 통 내려가질 않는 느낌이라 좋아하지 않는다고 정기적으로 말하는 파리드에게 우리가 샌드위치를 대령하듯 말이다. 하지만 토요일인 오늘, 우리 오페어 파리드는 이성을 잃은 상태였다. 샘이 다시 북을 치기 시작하자 파리드가 진노해 살을 부들부들 떨며 거실로 행진해 나왔다.

내가 지금 방에서 글을 쓰려 하고 있다는 걸 너희 둘은 이해하지 못한 거니? 월요일 아침까지 카를 마르크스에 관한 논문을 끝내야 한다는 사실을 납득하지 못한 거니? 도대체 박사 학위라는 말의 뜻을 알기는 하며, 그게 아직 어린 내 딸이 굶주리지 않고 좋은 학교에 갈 수 있도록 해 주는 길이란 걸 알기나 하는 거니? 우리 오페어는 어느새 낯빛이 시뻘개진 채로 땀을 흘리고 있었다. 그런 파리드의 주위로 통행법◇에 반대하며 행진하는 남아공 흑인 여성들의 포스

◇ 남아공 인종 분리 정책의 일환으로 흑인('원주민') 시민들로 하여금 '백인 전용 구역'에서는 '통행권'을 항시 소지하도록 강제한 법률. 1923년부터 흑인 남성에게만 국한해 시행하다가 1952년부터는 전국의 16세 이상 흑인 전원에게 확대 적용했다. 이에 대한 대규모 반대 시위가 1960년의 샤프빌 학살로 이어지기도 했다.

터가 붙었는데, 포스터 한가운데마다 "여자를 친 당신 암초를 친 당신" 문구가 성난 대문자로 크게 박혀 있었다. 그 옆에는 머리에 상자를 인 아프리카인 여자가 자전거에 올라탄 남자 옆을 맨발로 걸어가는 유화가 한 점 걸려 있었다. 먼지와 하늘 복판으로 걸어 나가는 두 인물. 그리고 거실 바닥의 킬림 양탄자에는, 아무렇게나 내던져진 뚜껑 세 개. 케첩, 마마이트, 브랜스턴 피클.

"대체 왜 너희 아이이들은(파리드는 '아이' 대신 꼭 '아이이'라고 말했다) 뚜껑을 원래대로 닫아 놓지를 않는 거냐고?"

일리가 있는 말이었다. 대놓고 얘기를 꺼내는 일은 없을지언정, 이 뚜껑 문제는 우리에게도 크나큰 미스터리였다. 우리도 병마다 뚜껑이 온전히 달려 있는 집에 살기를 원했다. 하루라도 샘과 나 둘 중 한 명이 선반에 뚜껑 없이 서 있는 병이나 통을 허망하게 바라보지 않고 지나가는 날이 없었다. 우리는 뚜껑을 닫으라는 말을 서로에게 하지 않았는데 그건 우리가 우리 힘으로 과연 그리할 수 있겠느냐는 의구심이 들었기 때문이다. 뚜껑을 닫지 않은 채로 놔두는 이 사태가 아빠가 집에서 나간 후에 시작된 일일 수도 있었으나 그랬는지 아닌지 우리는 도통 기억나지 않았고 어차피 그 생각은 하고 싶지도 않았다. 샘이 묘하게 반짝이는 두 눈을 소파 맞은편 벽에 고정한 채로 넋 나간 듯 북을 두드릴 동안, 나는 파리드에게 엄마가 어디 갔는지 아느냐고 물었다. 파리드는 엄마의 위치를 늘 파악하고 있었는데 이는 엄마가 그의 주 수입원인 까닭이었다. 더구나 엄마가 파리드에게 어찌나 상냥히 굴었던지 우리는 파리드를 밉살스레 여기기 시작한 참이었다. "너희 가여운 어머니야 장 보러 가셨지." 파리드가 으르렁거리듯 내뱉었다.

"장-보러 장-보러 장-보러." 샘이 연호하더니 깔깔 웃어가며 북을 두드렸다. 파리드가 샘에게 달려들어 손에서 북을 낚아챘다. 그러곤 대나무 북채마저 빼앗아 그걸로 샘의 다리를 때리기 시작했다. 그런 파리드의 머리 위에는 세 명의 어린이가 공과 요요, 배드민턴 라켓을 하나씩 들고 들판에서 행복하게 놀고 있는 세계 평화 포스터가 붙어 있었다. 파리드는 이제 통제력을 완전히 상실한 모습이었다. 팔에 힘을 더 싣기 위해 아예 통통한 무릎 하나를 꿇었다. 가끔 샘을 때린다는 게 벽을 치기도 했다.

"너희 나라에 이방인으로 사는 게 어떤 건지 너희가 알기나 해?"

파리드가 이 말을 했을 때 나는 동생의 울부짖는 소리 위로 걷잡을 수 없이 웃기 시작했다.

"너희 아이이들은—픽, 픽—어찌해야 이해하겠니—픽—내가 너희 나라 사람이 아니란 걸?"

파리드의 셔츠 맨 위 단추는 어디론가 튕겨 나가 있었고 얼굴엔 땀이 흘렀다.

"난 이 춥고 비 오는 나라에 맞는 신발 하나 없는 사람이라고."

셋째 순 이기주의

그라면 우리도 겪어 본 바 있는 일이었다. 영국에 처음 도착했을 때 우리는 이 나라에 맞는 옷을 전혀 갖고 있지 않았다. 1월에는 겨울 외투에 쪼리를 신고 다녔다. 2월은 웰링턴 장화와 민소매 물방울무늬 원피스의 달이었다. 그리고 여름의 시작이라는 6월은 우리 식구가 마침내 적당한 복장을 제대로 다 갖추어 보온 속옷과 부츠, 장갑과 두툼한 털모자로 만반의 준비를 마친 달이었다.

파리드가 "너희 나라"라고 한 점이 마음에 들었다. 그래, 난 영국 사람이야. 난 스스로에게 말했다. 뼛속들이 영국 사람이지. 파리드가 내 동생을 때리려고 팔을 휘두르는 동안, 나는 아빠가 어느 날 밤 퇴근하고 돌아와 블랭킷 스티치로 감쳤던 커튼을 바라봤다. 아빠가 우리 가족 집을 떠나기 일주일 전의 일이었다. 그날 샘과 나는 아빠 양옆에 서서 큼직한 손가락에 들린 작은 은색 바늘을 보려 몸을 기울였고, 샘이 면실에 매듭을 묶어 아빠에게 다시 건넸을 때 아빠는 이렇게 말했다. "우리 이제 슬슬 서로를 다시 알아 가고 있는 것 같지 않니?"

파리드는 우리 아빠와 전혀 달랐다. 우선 우리 아빠는, 아직 우리와 같이 살고 있었더라면, 우리에게 이런 말을 했을 거다. "오븐을 못살게 굴지 마렴. 수세미로 표면을 살살 문지르듯이 닦아 줘야지." 왜 아빠는 매번 주전자를 못살게 굴지 말라고, 조명 스위치를 못살게 굴지 말라고, 얼음을 못살게 굴지 말라고 했을까? 아빠는 주전자니 문 손잡이니 열쇠 같은 사물들과 아주 친밀한 관계를 유지했다. 그런 것들은 우리 이해의 대상이 되어야지 고문하거나 못살게 닦달할 대상이 아니라는 게 아빠의 의견이었다. 주전자에 물을 채울 때 뚜껑을 열지 않고 주둥이로 채우는 건 주전자를 모욕하는 일이었다. 문 손잡이를 거칠게 다루는 건 그를 "후려치는" 것이었다. 무생물에 부리는 소위 "야만적 행위"를 아빠는 용인하지 않았다.

파리드와 내 동생이 바닥을 뒹굴며 서로 주먹을 주고받을 동안, 밖에선 사람들이 잔디를 깎고 차를 세차하는 등 영국의 토요일 낮에 벌어지는 일상의 소리와, 옆집 사는 조언이 반려견을 부르며 "홀리 홀리 홀리 간식 먹으러 그만 들어오렴" 하고 외치는 소리가 들려왔다.

파리드가 가까스로 몸을 일으켜 세우고 샘의 얼굴을 빤히 쳐다봤다.

"섬." 그가 샘을 향해 입을 열었다.

다른 무슨 말인가가 하고 싶은데 말이 나오지 않는 눈치였다. 내 동생 얼굴에서 눈을 떼지 않은 채로 뜸을 들이다가 파리드는 마침내 우리 아버지가 정확히 어디 있느냐고 물었다. 왜 가족 집에서 너희와 같이 살고 있지 않지?

"엄마 아빠는 별거 중이에요."

셋째 순 이기주의

파리드는 알 수 없다는 듯 고개를 저었다. 그가 우리 집 문간에 도착한 뒤 처음으로, 알고 보면 그가 자상한 남자일지도 모르겠다는 생각이 들었다. 심지어 그는 바닥에 널려 있던 뚜껑들마저 주워 모으기 시작했다.

　엄마가 장 본 가방을 들고 돌아와 우리를 보더니 "웬일로 차분하구나. 집에 도착해 티격태격 싸우는 애들 모습 안 봐도 돼서 좋은데"라고 말했다. 그러고는 봉지에서 아스티 스푸만테 한 병을 꺼내 여섯 통짜리 헤이즐넛 요구르트와 함께 냉장고에 넣었다. 좋았어, 난 생각했다. 이따 저 탄산 와인이 차가워지거든 슬쩍 꺼내서 공원으로 냅다 들고 튀어야지. 그러곤 병을 싹 다 비우고 지나가는 자동차 앞으로 뛰어들겠어. 볼펜으로 끄적인 잉글랜드 냅킨은 내 전기 작가들이 찾도록 남겨 놓고 말이야. 내가 살던 곳을 보겠다고 떼 지어 핀칠리 이 집을 찾아올 테지, 우리의 첫 영국 집이었다고 공표하는 파란색 명판이 집 외벽에 나붙을 테고. 이때 동생이 여느 때와 마찬가지로 내 생각의 흐름을 끊으며 수선을 피울 작정으로 나서서 한마디 했다.

　"파리드가 날 때렸어." 샘이 엄마에게 우는소리를 했다.

　"그랬어요, 파리드?"

　"네, 그랬습니다." 파리드가 직수굿하고도 애절한 목소리로 고백했다.

　"마르크스가 독일 워킹 맨스[노동자] 협회 브뤼셀 총회에 앞서 임금노동에 관해 쓴 에세이를 번역하고 있는데 섬이 북을 쳐 대서요."

"파리드." 엄마가 엄한 목소리로 말했다. "다시는 내 아이들에게 손찌검하지 말아요, 그랬다가는 당장 이 집에서 내쫓을 테니."

우리 오페어의 얼굴에 미소가 걸렸다. 우리 집에 도착한 이래 처음으로 행복해 보였다.

그날 밤 우리는 인도 식당에서 테이크아웃으로 주문한 음식을 먹으며 텔레비전 시트콤 「스텝토 부자」Steptoe and Son를 봤다. 샘은 엄마 무릎에 머리를 베고 누워 자기가 무슨 파샤인 양 달 요리를 떠먹여 달라고 빌었다. 파리드는 아빠가 항상 앉던 안락의자에 앉아 있었는데 우리도 이젠 개의치 않았다. 온갖 스트레스로 배가 아프다면서도 파리드는 양고기 마드라스를 용케 해치우더니만 내 닭고기 코르마저 다 먹어 버렸다.

"이 가족이 참 좋습니다. 여러분은 좋은 사람들이에요, 집을 꾸릴 줄 모르기는 해도 말이에요. 하지만 난 영국에 집이 없으니 이렇게 여러분이 여러분 천막에 방 하나를 내주어 영광으로 생각합니다."

잠자리에 들러 갈 즈음에는 몸이 이상하게 떨렸다. 내가 영국에 산 지도 이미 여섯 해째로, 난 거의 뼛속들이 영국인이나 마찬가지였다. 그렇지만 명백히 다른 곳에서 온 사람이기도 했다. 내가 이름으로 부르지 못하는 온갖 식물의 냄새며 새들의 지저귐이, 나로서는 이름도 모르는 여러 언어의 술렁임이 그리웠다. 남아공은 정확히 어디에 있지? 어느 날인가 꼭 지도를 꺼내 찾아봐야지. 그날 밤 나는 뜬눈으로 밤을 보냈다. 웨스트핀칠리의 방에서 세상을 향해 물어보고 싶은 것이, 내가 태어난 나라에 대해 묻고 싶은 것이 너무나 많았다. 사람들이 어떻게 잔인해지고 타락하는 건지. 누군가를 못살게 굴거나 고문하는 사람은 미친 사람인지 정상인 사람인지. 백인 남자가 흑인 아이 뒤를 쫓도록 개를 풀었는데 모두가 그래도 괜찮다고 말할 때, 이웃도 경찰도 판사도 선생님도 다 "내가 보기엔 괜찮은데"라고 말할 때 과연 삶은 살 가치가 있는 건지. 괜찮지 않은 일이라고 생각하는 사람들은 어떻고? 괜찮지 않다고 여길 그런 사람들이 과연 세상에 충분히 있기나 한 걸까?

우유 배달원이 문 앞 계단에 우유병을 쩽그렁 내려놓는 소리가 들려온 순간, 난 불현듯 깨달았다. 우리 집에 꿀과 케첩과 땅콩버터 병뚜껑이 제자리에 있는 법이 없는 이유를. 뚜껑들도 우리처럼 제자리가 없었던 것이다. 나는 한 나라에서 태어나 다른 나라에서 자랐고, 내가 어느 쪽에 속한 건지 확신할 수가 없었다. 그리고 또 한 가지. 이건 군이 알고 싶지 않은 것이었으나, 그럼에도 내가 아는 것이었다. 뚜껑을 닫는 것이 우리 엄마 아빠가 다시 합친 척을 하는 것과 같다는 것, 틀어져 버렸는데도 여전히 한데 붙어 있는 양 홍내 내는 것과 같다는 것 말이다.

　침대에서 몸을 일으켜 분식집에서 챙겨 온 냅킨을 찾았다. 여기저기 구겨지고 베이컨 기름이 묻은 휴지에 '잉글랜드'라고 볼펜으로 적어 놓은 것이 보였지만, 무슨 말을 하겠다고 그리 적은 건지는 알 수가 없었다. 내가 다른 무엇보다도 작가가 되고 싶다는 것은 알았지만, 주변의 모든 것이 날 압도할 뿐이라 뭘 어찌해야 좋을지, 어디서 시작해야 좋을지 통 알 수가 없었다.

미적 열정

"때론 어디서 그만둬야 좋을지 알아야 할 때도 있지요." 중국인 가게 주인이 이렇게 말한 건 어쩌면 내 손가락이 자기 셔츠 소매에 바투 다가와 있는 걸 눈치챘기 때문이었는지도 모른다. 식당 밖 종려나무는 우리가 와인 한 병을 다 비웠을 때쯤 눈에 뒤덮여 있었다. 내 숙소로 돌아가는 방향을 일러 주는 길잡이가 되었을 발자취와 길의 윤곽마저 사라지다시피 한 상태였다. 가게 주인은 아직 내게 이름을 알려 주지 않았다. 나도 그에게 이름을 알려 주지 않았는데, 그렇긴 해도 그가 내가 쓴 책을 읽었으므로 내 이름 또한 알리라는 사실은 짐작하고 있었다. 이유는 알 수 없었지만, 서로의 이름을 아는 것은 우리가 알고 싶지 않은 것에 해당했다. 그가 근처에 앉은 독일인 커플에게 몸을 돌리더니 봄철의 마요르카에 방한복을 챙겨 온 그들의 선견지명을 축하했다. "이쪽 제 친구 분은 해변에나 어울릴 차림을 했지요." 그가 나를 가리키며 덧붙였다.

독일인 남자가 우리에게, 영어로, 그날 아침 등산 중에 뱀을 맞닥뜨린 일화를 전하기 시작했다. 둘 다 등산화를 신고 있었기에 망정이지. 뱀은 바위틈에 숨어 있었다. 방울뱀이었는지도 몰랐다. 뱀은 죽고 한 시간이 지나도록 물 힘이 남아 있다는 걸 혹시 아시는지?

"네." 중국인 가게 주인이 대답했다. "알고 있습니다." 그는 나를 향해 돌아앉으며 수프 얘기를 이어 갔다. 수프에 대한 집착이 어지간했다. 듣자 하니 중국식 수프 한 종류는 아예 만드는 법을 까맣게 잊은 반면에, 다른 종류의 수프를 만드는 법은 여전히 기억하고 있는 모양이었다. 수프보다는 쌀죽에 가까워 겨울에 먹으면 굉장히 영양가 있고 몸을 따뜻하게 해 주는데 자기는 깨 기름과 후추를 넣어 먹길 좋아한다고 했다. 나는 이번엔 그의 손가락이 내 손 바투 다가온 것을 눈치채지 않을 수 없었는데, 그가 이어서 이런 말을 한 걸 보면 어쩌면 그도 눈치챘던 건지도 모르겠다.

"말해 보세요, 당신의 신체 부위 중에서 피부가 가장 얇은 부위가 어디일 것 같습니까?"

"손가락 끝?"

"아니요. 어딘지 이제 말해 드리죠. 눈꺼풀 피부가 가장 얇고 손바닥과 발바닥 피부가 가장 두껍습니다."

나는 소리 내어 웃었고 그는 미소를 지어 보였다. 이어 그가 소리 내어 웃고 내가 미소를 지었다. 그는 중국의 볶은

땅콩 냄새가 그립다고 말했고 중국 수프 중에서 해산물이 들어가는 종류의 수프는 만드는 법을 까먹었다고, 하지만 이곳 마요르카 산골에서 새 삶을 꾸린 것을 기쁘게 생각한다고, 그 덕에 이렇게 내 3인용 테이블에 함께 앉아 와인을 마시자는 초대도 받지 않았냐고 말했다. 그러더니 내 팔을 슬쩍 쳤는데 이건 마리아가 식당에 불현듯 들어서 부츠에 묻은 눈을 탁탁 털고 있었기 때문이다. 테두리에 털을 덧댄 묵직한 외투를 입은 마리아는 의외로 키가 커 보였다. 내가 손을 흔들자 마리아가 우리 테이블로 다가왔다. 장갑 낀 손에 작은 짐 가방을 하나 들고 있었다. 얼굴은 단호하고 슬퍼 보였다.

"오빠한테 방이 춥다고 얘기하셨다고 들었어요."

"네."

"다른 방으로 옮겨 드렸어요. 침대에 이불을 더 뒀고요."

"고마워요."

"어디 가는 길이신가 봐요, 마리아?"

"네."

마리아는 대화할 기분이 아닌 눈치였다. 전혀.

나는 가방을 열어 중국인 주인의 가게에서 산 99%라고 큼직하게 적혀 있는 '인텐시다드' 초콜릿을 마리아에게 건넸다. 그러고는 내 호텔 방 값에 해당하는 나흘 치 현금을 세어 보았다. 마리아가 앞으로 무엇을 해야만 하는 상황이

건, 현금이 유용하게 쓰이지 않을까 싶어서였다. 마리아는 현금을 기꺼이 받았다. 내 뺨에 키스하려 마리아가 몸을 숙였을 때, 외투 안쪽에서 그의 심장이 맹렬한 기세로 포효하듯 뛰는 것을 느꼈다.

　얼마 후에 중국인 가게 주인이 산길을 올라 나를 호텔까지 데려다주면서 내게 다시 한 번, "살다 보면 간혹, 어디서 시작하느냐보다는 어디서 그만둬야 좋을지 알아야 할 때도 있기 마련이지요"라고 말했다. 그는 자기가 오래전 파리에 살던 시절, 주말만 되면 외로움이 더해져 하루는 기차를 타고 마르세유로 갔다고 했다. 마침 미스트랄 바람이 불고 있었고 그 당시엔 물론 프랑스어라곤 요만큼도 못했지만, 그럼에도 항구 근처를 거닐다가 경찰 두 명이 북아프리카계 남자아이를 멈춰 세우는 걸 봤을 때는 자기도 모르게 발이 멈췄다고 했다. 남자아이는 어린애 옷 같은 흰색 면 속셔츠를 입고 있었다. 어머니가 빨래를 하며 쓴 가루비누 냄새가 그대로 배어 있을 법한 옷이었다. 경찰이 아이의 셔츠를 들어 올리고 복부에 주먹을 날리기 시작했다. 그로서는 결코 잊지 못할 일이었다, 성인 남자들이 어린애를 보다 정확히 상처 입히기 위해 속옷을 걷는 광경이라니. 그의 발이 어느새 씩씩하게 주먹질을 견디고 있는 소년에게로 향했고, 그 자리에서 그는 우스꽝스런 중국식 프랑스어 억양으로 경찰한테 "멈춰요, 멈춰요, 멈춰요, 멈춰요, 멈춰요" 하고 외쳤다. 영웅적인 행동이었다기보다는 그자들이 그만두기를 바라는 마음을 입 밖으로 냈을 뿐이었다. 그런데 그들이 정말 멈췄다. 멈추고는 저희 갈 길을 갔다.

중국인 가게 주인이 말했다. "이쯤에서 멈추는 것이 좋겠네요, 당신 호텔에 도착했거든요." 우리는 테라스 쪽에서 멈췄고 그의 머리가 내 머리 가까이 다가왔다. 검은 머리 사이로 은발이 비쳤다.

우리가 키스했을 때 나는 우리 두 사람이 정체 모를 파국의 와중에 있다는 걸 알 수 있었는데, 다만 무엇인가가 시작되려는 참인지 아니면 끝나려는 참인지는 알 수가 없었다. 그의 품 넓은 겨울 외투의 목깃이 녹아 가는 눈으로 축축이 젖어 있었다. 그는 외투를 벗어 내게 건넸다. "산책이라도 하려거든 필요할 텐데 난 외투가 또 있거든요. 어떤 날씨건 그에 맞는 차림을 할 필요가 있어요."

잠시 후에 나는 대리석 계단을 올라 층계참에 세워진 커다란 선인장 화분을 지나쳤고 그렇게 3층의 낡고 닳은 오크재 방문에 다다랐다. 마리아가 현금을 받으며 내 손에 슬쩍 쥐여 준 열쇠로 문을 열었다. 위층의 방보다는 작은 방이었다. 침대 끄트머리에 이불 더미가 반듯이 접혀 있고, 마당의 고목 종려나무가 내다보이는 창가엔 책상과 걸상이 놓여 있었다. 책상을 비집어 넣기가 여간 까다롭지 않았을 텐데, 마리아가 용케 문지방 너머로 책상을 들여와 창문과 침대 사이에 끼워 넣은 것이었다.

내겐 전망이 있었다. 글을 쓸 책상이 있었다. 방도 따뜻했다. 난로에 큼직한 통나무 세 개가 타고 있었다. 옆에 놓인 바구니에는 통나무 여러 개가 반듯이 쌓여 있었다. 방안이 어찌나 따뜻한지 나무를 땐 지 한참 됐다는 걸 알 수 있었다.

마리아는 급히 떠났다. 눈보라가 치는 이 밤중에. 산골에서 손수 지어 낸 이 세계가 어느새 시시해진 걸까? 손수 물을 낸 과수원에 달린 레몬과 오렌지를 수확할 생각에 더는 설레지 않게 된 걸까? 마리아는 또한 야채와 올리브나무를 심었으며, 아침 식사 때 차려 내는 걸쭉하고 향기로운 꿀을 따기 위한 벌통도 지었다. 빵을 굽고 커피 원두를 가는 사람도 마리아였다. 밤새 내 몸을 훈훈히 덥혀 줄 통나무도 그 손에 패였다. 마리아는 열분에 사로잡혀 현금도 없이 길을 나섰다. 홀로 길에 나서 자기 인생의 다음 굽이로 접어들고자 한 걸까? 그렇게 자기가 해야 할 일을 서둘러 시작하고자 한 걸까?

마리아도 나도 21세기의 와중에 도망갈 곳을 찾고 있다는 사실을 난 깨달았다. 이름이 아망틴이기도 했던 조르주 상드가 19세기에 그러했고, 자마이기도 한 마리아가 20세기에 숨을 돌리며 쉴 곳을 찾고자 했듯이 말이다. 우리는 정치의 언어가 숨기는 거짓말로부터 도주 중이었으며 우리

넷째 미적 열정

의 인품과 삶의 목적에 대해 이러쿵저러쿵하는 신화들로부터 도망 중이었다. 모르긴 해도 우리 스스로의 욕망으로부터, 그게 무엇이건, 도망치는 중이기도 했을 테다. 고로 웃어넘기는 것이 최고였다.

실제로 우리가 우리 스스로의 욕망을 웃어넘기듯이. 실제로 우리 자신을, 다른 누가 그러기도 전에 조롱하듯이. 우리가 우리 자신을 스스로 살해하도록 길러졌듯이. 이러한 생각을 누구든 견딜 수 있겠는가?

생각하고 싶지 않은 게 또 하나 있었다. 그날 오후 내가 바닷가에 나가 눈구름 밑에서 스스로를 향해 웃어 대던 와중에, 마리아의 홀에 놓인 피아노, 매일 반짝반짝하게 닦이지만 누구의 손도 건반에 닿는 적이 없는 피아노가 문득 머리에 떠올랐다. 이어서 무슨 이유에선지는 몰라도 어릴 적 요하네스버그에 살던 시절 내가 오렌지를 먹던 방식이 떠올랐다. 첫째로 내 손바닥에 딱 들어맞는 오렌지부터 찾아야 했다. 다용도실에 놓인 포대를 뒤적거려 작은 오렌지를 찾아내곤 했는데, 오렌지는 작을수록 즙이 많다는 걸 알았기 때문이다. 다음으로 오렌지를 바닥에 놓고 연해질 때까지 맨발로 살살 굴렸다. 이건 아주 오래 걸리는 일이었고 이때 과육에서 즙이 다 흘러나오되 껍질이 터지지 않도록 하는 것이 관건이었다. 이걸 순전히 발바닥의 감각으로 감지해야 했다. 내 다리는 갈색이고 튼튼했다. 내가 지닌 힘을 오렌지만큼 작은 대상에 가하는 방법을 터득하면서 나는 스스로 강해졌다고 느꼈다. 그렇게 준비가 다 되거든 엄지손가락으로 껍질에 구멍을 내 단물을 쪽쪽 빨아 댔다. 이 묘한 기억이 이번에는 아폴리네르의 시구를 떠올리게 했다. 내가 20년 전에 폴란드 공책에 기록해 두었던 시구였다. "창문이 오렌지처럼 열린다."

소리 내지 않는 피아노와 오렌지처럼 열리는 창문과 마요르카에 오면서 가져온 폴란드 공책, 이 모두가 출간되지 않은 내 소설『헤엄치는 집』과 연관된 것들이었다. 이 소설을 쓰는 동안 내가 스스로에게 던졌던 질문이 진정 골수에 근접한(외과의들이 "뼈에 바투 닿다"고 말하듯이) 질문이었음을 새삼 깨달았다: "알고서는 도무지 살 수가 없는 종류의 앎을 두고 우리는 어찌하는가. 알고 싶지 않은 것들을 우리는 어찌하는가."

나는 이 결실이자 내 작업, 곧 내 글을 어떻게 세상에 내놓아야 할지 알지 못했다. 오렌지를 까듯 창문을 열어젖힐 방법을 알지 못했다. 외려 창문이 내 혀에 도끼로 내리꽂힌 형국이었다. 이것이 내 현실이 될 거라면, 이를 갖고서 내가 뭘 어찌해야 할지 알 수가 없었다.

마리아가 일군 정원의 종려나무 이파리에 눈송이가 하나둘 깃드는 모습을 보면서 나는 다른 질문을 스스로에게 던져 보았다. 그만 내 처지를 받아들여야 하는 걸까? 신세를 용납해야 하는 걸까? 받아들임에 이르고자 표를 끊고 여행길에 올라 결국 그에 도달한다면, 그리하여 받아들임과 만나 인사 나누며 손을 흔들고 그와 손깍지 끼고 매일 함께 걸어 나간다면, 그건 어떤 기분이려냐? 얼마 뒤에 난 이 질문이 내가 받아들일 수 없는 질문임을 깨달았다. 여성 작가는 자기 인생을 지나치게 또렷이 느낄 형편이 못 된다. 그리할 경우 그는 차분히 글을 써야 할 때 분노에 차 글을 쓰게 된다.

차분히 글을 써야 할 때 그는 분노하며 글을 쓸 것이다. 현명히 써야 할 때 어리석게 쓸 것이다. 인물들에 대해 써야 할 때 자기 자신에 대해 쓸 것이다. 그는 자신의 신세와 전쟁 중인 것이다.

버지니아 울프, 『자기만의 방』*A Room of One's Own*, 1929

앞서 나는 중국인 가게 주인에게, 작가가 되고자 나는 끼어들고, 소리 내어 말하고, 목청을 키워 말하고, 그보다 더 큰 소리로 말하고, 그러다가 종국에는 실은 전혀 크지 않은 나 자신의 목소리로 말하는 법을 배워야 했노라고 이야기했다. 그와 나눈 대화는 나를 다시 방문하고 싶지 않은 곳들로 데려갔다. 마요르카에서 눈보라로부터 피신해 있는 사이 다시 아프리카로 돌아가게 되리라고는 전혀 예상치 못했다. 하지만 따지고 보면, 그가 지적했듯이, 실은 런던의 에스컬레이터 위에서 울음을 터뜨리던 순간에 이미 아프리카가 내게 돌아왔던 셈이었다. 과거를 생각하고 있지 않다고 생각할 때도 과거가 나를 생각하고 있었다. 이건 사실일 성싶었던 게, 철강 노동자였던 아버지를 둔 중국인 가게 주인이 내게 일러 준 바에 따르면 매사추세츠주의 네이선 에임스가 1859년 특허를 내고 엔지니어인 제시 리노가 재설계한 에스컬레이터 또는 '회전 계단'은 근대 세계에 처음 소개될 때 '끝없는 운반 기계'로 묘사되었다고 한다.

나는 의자를 재배치하고 책상에 앉았다. 그러고는 랩톱 플러그를 꽂을 콘센트를 찾아 주변 벽을 살폈다. 책상에서 가장 가까운 쪽 벽에 난 전기 구멍은 세면대 바로 위에 있었다. 남성용 전기면도기를 꽂기 위한 위태로운 콘센트였다. 그해 봄 마요르카에서, 인생살이가 어지간히 고되고 어디로 가야 할지 통 보이지 않던◊ 때에 문득, 내가 다다라야 할 곳이 바로 저 콘센트에 다름 아니라는 생각이 머리를 스쳤다. 작가에게 있어 자기만의 방보다도 유용한 것은 전력을 공급해 줄 전기 연장선, 그리고 유럽과 아시아, 아프리카에서 각각 사용 가능한 어댑터들이다.

◊ [지은이] "어디로 가야 할지 통 보이지 않던"은 실비아 플라스의 시 「달과 주목」The Moon and The Yew Tree의 한 구절을 참고한 표현이다.

넷째 미적 열정

후기
당신 작가 아닌가요?

박민정

아무리 교만한 여성 작가라도 12월까지는 고사하고
1월 한 달간이라도 버텨 줄 만큼 굳건한 자아를
확립하러 나선 이상은 철야를 면할 도리가 없다.

원고를 생각하는 내내 데버라 리비가 받았다던 그 질문을 떠올렸다. "당신 작가 아닌가요?" 지금 나는 얼굴을 달리한 수많은 저 질문 앞에 놓여 있다. 나는 데뷔 후 10년에 달하는 시간 동안 스스로를 '작가'라고 당당하게 소개하지 못했고, 일터에서 만난 사람들에게는 그저 '학생'이라거나 '공부하는 사람'으로 나를 설명하기 일쑤였다. 언제가 되었든 내가 만난 애인들은 내가 소설을 쓰는 사람이라는 것을 곧장 알게 되었지만, 지금껏 나를 정말로 위로해 주는 애인을 단한 명도 만나 보지 못했다고 자처하는 나로선 그 사실도 별달리 위안이 되지 않는다. 뭇 사람들에게 단번에 내 일을 소개하지 못한다는 소소한 에피소드가 아니라도, 나에게 굳건한 작가적 자아는 요원한 일이었다.

한편 나는 어지간한 작가들보다도(감히 말하자면) 인생의 꽤 많은 부분을 작가적 자아로 무장한 시간들로 보냈다.

아주 어린 시절부터 글을 썼고, 대학에서는 문예창작을 전공했으며, 스물다섯 나이에 소설가로 데뷔했다. 문학이 아닌 다른 전공을 가졌거나 다른 분야의 일을 하다 온 사람들을 보면 질투심에 젖곤 했다. 나에게는 문학밖에 없는데, 저 사람들은 다른 것을 해 보고 왔구나, 그러면서 더 좋은 곳이 없어 매번 돌아올 수밖에 없었던 내 처지를 탓해 보기도 했던 것이다. 작가적 자아라는 것은 언제나 부끄러움을 동반하곤 했는데, 내가 쓰는 글은 잘 팔리지도 않을뿐더러 내가 작가라는 사실을 내세워 봤자 유세밖에 되지 않는다고 생각했다.

데버라 리비의 글을 읽으며 자연스레 어린 시절을 떠올렸다. "일곱 살 나이에 내가 처음으로 이해하기 시작한 사실이 있었다. 다들 안전하다고들 말하는 사람과 같이 있으면서 안전하지 못하다고 느끼는 때가 있었는데, 이와 연결되는 사실이었다." 나는 이 문장을 오래 기억했다. 내게 일종의 원년처럼 남은 1991년, 나는 그 느낌을 처음으로 받게 된다. 가족들과 함께 있을 때였다.

어른들의 말에 귀 기울이는 것은 짜릿하면서도 언제나 공포스러운 경험이었는데, 내가 만약 그 시절부터 어른들이 하는 이야기에 집중하지 않았다면 과연 작가가 될 수 있었을지 모르겠다. 내가 태어나기 전 사촌 언니 둘을 해외 입양 보냈다는 사실을 몰랐다면. 어느 날 천호동 성매매 집결지를 지나는 차에서 낄낄거리는 어른들을 본 끔찍한 순간이 없었다면. "박정희가 사람은 많이 죽였어도 우리나라 살린 대통령이었어" 같은 말을 어른들이 종종 나눈다는 것을 미처 알지 못했다면. 내가 싸워야 하는 세계가 '알고 싶지 않은 것들'로 점철되어 있고, 정말이지 나는 그것을 알고 싶지 않았으며, 그럼에도 불구하고 알았을 때 알기 전으로 돌아갈 수 없다는 것을 깨닫지 못했더라면.

1991년의 두 장면이 아직도 인상 깊게 남아 있다.

얼마 전 1991년을 배경으로 하는 한국 영화의 한 장면을 우연히 보게 되었는데, 안경을 쓰고 운전하던 여배우가 빨간 신호등에 차를 멈춰 세우고는 이렇게 말했다. "서울도 이제 차가 무지 많아요. 1999년쯤에는 도로가 포화 상태가 될 거예요." 그 말과 동시에 신호가 바뀌었고 그녀는 다시 유영하는 물고기처럼 흘러갔다. 그때 그녀의 옆을 지나가던 차, 아마도 그 시절에 유행했을 베이지색 소형차를 보면서 나는 거기 탄 듯한 환상에 사로잡혔다. 거기 탄 건 나다. 뒷좌석에 세 살배기 동생과 함께 앉아 있고, 운전석과 조수석에는 고모와 고모부가 있는데, 이들은 옆 차선의 차를 보고 중얼거린다.

"납치당한 것 같아."

그리고 믿어지지 않게도, 그들은 웃는다. 나는 그 차를 본다. 고통스럽게 얼굴을 찌푸린 여자가 차창에 얼굴을 박고 있다. 고모는 얼른 내게 주의를 준다. 앞에 봐, 쳐다보지 마. 나는 겨우 일곱 살이고(아직도 그 순간이 떠오를 때면 이렇게 스스로에게 변명한다), 어른의 말을 거역해 본 적이 별로 없고, 입안에 맴도는 말, "신고해야 돼요"를 용기 있게 내뱉지 못한다.

서울 도심 어디쯤의 왕복 8차선 도로인 것 같은데 자세히 기억나지는 않는다. 차창에 박힌 여자의 얼굴은 수천 번 뭉개진 채로 내 머릿속에 박혀 있다.

그리고 또다시 1991년 어니쯤, 전호동 성매매 집결지를 지날 때. 여기가 어디였는지 정확히 기억한다. 그곳이 어디였는지, 자라나며 확실히 알게 되었으니까. 지금은 사라진 이곳은 이른바 '홍등가', 빨간 불빛이 도열한 곳이었다. 웬일인지 나와 어린 동생을 뒷좌석에 태운 고모와 고모부는 거기를 지나며 즐거운 듯 낄낄거린다. 차창에 란제리만 입은 언니들이 달라붙어 호객을 하고, 고모부는 속도를 높인다. 그때 운전석 차창을 두드리는 소리, 이번에는 쳐다보지 말라는 주의도 주지 않고 낄낄거리며 나를 방치하는 고모. 저것 좀 봐라, 웃기지? 나는 눈을 질끈 감는다. 착한 아이여서가 아니라, 정의로운 아이여서가 아니라 그저 견디기 힘들기 때문에.

왜 그랬을까.

부모는 왜 나를 안전하지 않은 뒷좌석에 매번 맡겨 둔 걸까, 생각한다. "사람은 많이 죽였어도"라는 말을 사용하고, 납치당한 것으로 보이는 정황을 목격하고도 웃고 넘기며, 어린 조카들을 태우고 성매매 집결지를 마치 관광하듯 지나던 어른들과 왜 나는 함께 있었을까. 왜 나는 거기 있었을까, 생각하며 그런 경험들이 쌓여 나를 작가로 만든 것이기도 하지만 한편으로 그런 기억들은 한 사람을 영원히 상처받게 한다는 분명한 사실을 상기한다. 나는 어른들의 세계가 끔찍이도 싫었다. 왜 저들은 아무렇지 않게 혐오 발언을 내뱉고, 약한 자를 짓밟으려 하며, 다른 사람의 고통에 무심하다 못해 자주 그것을 농담거리나 웃음거리로 삼는지 이해하지 못했다. 이해하지 못했기에 알려고 애썼지만 이제 나는 어떤 것들은 영원히 알거나 이해하지 못할 것이며, 그것들은 내가 '이해하거나 알아야 하는' 종류의 일이 아니라는 것을 안다. 전쟁 문화, 강간 문화, 차별 문화에 익숙한 어른들의 영원히 미스터리한 말들을 해독하고자 공부하고 글을 썼다. 그리하여 여기서 다시 데버라 리비의 말을 생각한다. "여자애들은 큰 소리로 말해야 돼, 우리가 뭐라건 어차피 아무도 안 듣거든."

대학에 입학한 그해 소설 창작 세미나 시간에 이런 이야기를 털어놓는다. 그곳은 나같이 글쓰기를 좋아하는 애들이 모인 곳이고, 원하면 언제든 술, 담배와 연애를 해도 좋은 곳이다. 술에 취해서 쓰러져도, 담배를 줄창 몇 갑이나 피워 대도, 시끌벅적한 연애 사고를 일으켜도 곧장 회복할 수 있는 곳이다(라고 그땐 믿었다). 자유로운 캠퍼스란 여학생들에게는 안전하지 않은 곳이고, 자유에 취해 객기 부리는 여학생은 오랫동안 소문에 시달려야 한다는 걸 그땐 몰랐으니까. 내가 믿기로 교수건 학생이건 나와 같은 종류의 사람들이기에, 나는 어린 시절의 내 안전하지 못한 경험들을 털어놓는다. 학우들은 대체로 내가 겪은 일이 일종의 아동 학대였다고 진단하고, 교수는 스무 살인 내가 지금도 그 경험을 선명하게 기억하고 재의미화하는 것이 소설을 쓰는 데 있어 '큰 재산'이 되리라고 평가한다. 큰 재산! 두 경험 외에도 많은 것을 털어놓았는데…… 그 무렵 아파트 복도에서 중학생에게 성추행을 당했던 것, 부모에게 시시때때로 얻어맞았던 것, 길거리에서 외모 평가를 받고 놀림당한 것 등등……. 그것들도 재산이 될 수 있을까. 교수는 나에게 너는 누구보다 '재산이 많은' 사람이라고도 말한다.

"여성 작가는 자기 인생을 지나치게 또렷이 느낄 형편이 못 된다. 그리할 경우 그는 차분히 글을 써야 할 때 분노에 차 글을 쓰게 된다." "그는 자신의 신세와 전쟁 중"이라는 버지니아 울프의 말을 인용한 데버라 리비의 저 구절을 지금 떠올린다. 지금 이 글을 쓰면서도 나는 자유롭지 못하기 때문이다. 어린 시절의 어떤 경험들이 나를 작가로 만들어준 건 분명한데, 그것이 정말 작가적 자아를 위한 재산이었다면, 상처를 무릅쓰고도 떠안아야 할 만큼 고귀한 무엇이었나? 이건 내가 작가라는 사실을 떠올릴 때마다 호출한 질문이었고, 그것이 사사롭게는 뭇 사람들 앞에서 나를 선뜻 작가라고 소개하지 못한 까닭이기도 했다. 나 역시 그녀처럼 "작가가 되고자 나는 끼어들고, 소리 내어 말하고, 목청을 키워 말하고, 그보다 더 큰 소리로 말하고, 그러다가 종국에는 실은 전혀 크지 않은 나 자신의 목소리로 말하는 법을 배워야 했노라고" 술회한다. 그녀가 런던의 에스컬레이터 위에서 울음을 터뜨렸듯 나도 소설을 쓰는 순간마다 과거가 나를 생각하고 있음을, 실은 어떤 과거의 순간들이 전혀 나를 놓아주지 않고 있음을 상기한다. 나는 1985년 서울에서 딸로 태어났고, 여학생으로 자랐고, 대학에서는 지망생과 여학생 사이를 오갔으며, 사회에서는 여직원이자 여성 작가였으며 여성 작가는 때로 '작가'라는 대립항에 부딪힌다는 것도. 대학에서 지망생과 여학생 사이를 오갔듯 문단에서는 여성 작가와 작가 사이를 오간다는 것도, 그리고 데뷔 초나 지금이나 내가 여성의 이야기를 쓰면 그것이 내 한계라고 종종 평가받았던 것도. 어쩌면 내가 외면하고 싶었던 작가적 자아는 사람들이 한데 모여 꾸짖었던 여성 작가의 자아일지도 모르겠다고 생각한다. 그리고 더불어 생각한다. 당신 작가 아닌가요. 이 질문은 나를 떠보려는 질문일 수도 있고, 그저 알고 있는 것을 재확인하는 질문일 수도 있지만 나에게는 정체성을 쥐고 흔드는 질문이다. 또한 지금 그 질문을 쥐고 앉은 나에게 주어진 지면과 발언할 수 있는 기회가 얼마나 대단한 것인지, 생각한다.

후기 당신 작가 아닌가요?

여기 한 여자아이가 있다.

속삭이듯 목소리가 작아 잘 들리지 않는 어린아이.

모든 공책의 페이지들을 첫 줄부터 채우지 않고 셋째 줄부터 써 나가는 아이. 아무리 교사들이 어르고 꾸짖어도, 그 두 줄의 공 백과 조심스런 침묵을 차마 깨뜨릴 수 없는 아이.

대모의 집에 얹혀살며 새장에 갇힌 늙은 앵무새를 날마다 들여 다보는 아이. 그 무심한 새의 눈에서 감옥의 아버지를 읽으려 애쓰고, 어느 날 문득 아무렇지 않은 용기로 새장 문을 열어 주 고는 새가 나오길 가만히 기다리는 아이.

그로부터 멀지 않은 미래에, 글쓰기라는 삶의 방식을 발견하고 말 이 아이. 인생의 어떤 순간들이 그녀를 에스컬레이터 위에서 눈물 흘리게 할지라도 결국은 책상 앞에 의자를 당기고 앉아 첫 문장을 쓰고 말, 바로 그 사람.

한 작가가 태어나기까지의 행로가 기품 있는 유머 감각과 진실 됨으로 그려진 이 책을 읽어 가며, 이 아이의 내면 깊이 빠져들 지 않는 일은 불가능했다.

한강

(여자인) 나는 존재하고 있는가. 데버라 리비의 첫 산문 마지막 장을 덮는 순간 발생한 물음이다. 남아프리카공화국에서 태어난 그녀는 흑인 보모 마리아의 손에서 자랐다. 그녀 나이 다섯 살 때, 백인과 흑인의 평등을 위해 싸우던 아버지가 공안의 특별부 경찰관들에게 연행되던 날 밤, 마리아는 겁에 질린 그녀에게 속삭인다. "오늘도 그리고 내일도 용감해야 한다." 유년 시절부터 '알고 싶지 않은 것들'과 고군분투한 그녀가 여자로서, 여자 작가로서 '자신의 목소리로 말하는 법'을 배우기까지, 지적이고도 사랑스러운 여정에 동행하는 것은 의미 있는 일이다. 그것이 잡음에 지나지 않던 목소리들을 전부 끄고, 온전히 '나 자신의 목소리로 말하는 법'을 배우는 내적 여정으로 고스란히 이어지기에.

김숨

이민자가 아니어도 여자는 적어도 두 세계 사이에서 일종의 끼인 존재로 살아간다. 남아프리카공화국에서 백인 여성으로 태어나 충돌과 폭력을 목격했을 작가는 '잉글랜드'로 이주하고 난 뒤에도 서로 쉽게 화해할 수 없는 여러 세계 사이에서 살아가게 된다. 사이, 차이, 낙차, 틈, 균열 따위를 선명하게 바라보는 사람은 대개 글을 쓸 수밖에 없다. 자연스레 글로 간극을 메워 보려는 (헛된) 시도를 하게 되기 때문이다. 보모 마리아에서 마요르카의 외딴 호텔을 돌보는 마리아로 이어지는 긴 시간 동안 작가, 그리고 관련된 수많은 여성은 아무리 에스컬레이터를 타고 올라가도, 아무리 여러 번 비행기가 이륙해도 자꾸만 위험 지대로 들어가고 마는 세상살이에서 얼마나 분투했을까. 오렌지를 굴리고 굴려 껍질을 연하게 만든 다음 달콤한 즙을 마시던 작가의 어린 시절 이야기처럼 오랫동안 손에서 떠나보내고 싶지 않은 책이다.

한유주

데버라 리비 Deborah Levy

1959년 남아프리카공화국 요하네스버그에서 태어나 1968년 가족과 함께 영국으로 이주했다. 극작가이자 시인으로 활동하다가 1988년 첫 단편집 『오필리아와 훌륭한 발상』Ophelia and the Great Idea, 1989년 첫 장편 소설 『아름다운 기형들』Beautiful Mutants을 냈고, 『지리 삼키기』Swallowing Geography, 1993, 『사랑받지 못하는 자』The Unloved, 1994, 『빌리와 여자 아이』Billy and Girl, 1996를 연달아 출간했다. 긴 공백기를 지나 2011년에 장편 소설 『헤엄치는 집』Swimming Home을 출간했고, 이 작품으로 2012년 맨부커상 후보에 올랐다. 2013년에는 프랭크 오코너 국제 단편 소설상과 BBC 국제 단편 소설상 후보에 오른 단편집 『블랙 보드카』Black Vodka를 내놓았고, 이를 전후로 절판되었던 초기작들이 재출간되었다. 2016년에는 장편 소설 『핫 밀크』Hot Milk로 맨부커상과 골드스미스상 후보에 올랐다. 같은 해 단편 「스타더스트 네이션」Stardust Nation이 안제이 클리모프스키Andrzej Klimowski에 의해 그래픽 노블로 각색되기도 했다. 장편 소설 『놓치는 게 없던 남자』The Man Who Saw Everything로 2019년 부커상 후보에 올랐다.

왕립 셰익스피어 극단과 BBC 라디오를 위해 희곡 작품을 쓰고 각색했으며, 지그문트 프로이트의 유명한 정신분석 사례인 일명 '도라' 및 '늑대 인간' 사례를 극화했다. 초기 희곡 작품들은 『리비: 희곡집 1』Levy: Plays 1로 엮여 출간되었다.

2013년 젠더 정치를 삶의 영역으로 되돌리는 자전적 에세이 시리즈인 '생활 자서전'living autobiography 3부작의 첫 책으로 『알고 싶지 않은 것들』을 펴냈다. 2018년에는 둘째 권인 『살림 비용』을 출간해 고든번상 쇼트리스트에 올랐다. 프랑스에서 이 두 작품으로 2020년 메디치상 해외 문학 부문 후보에 올랐고, 심사 위원이 전원 여성으로 구성되는 페미나상 해외 문학 부문에서 수상했다. 두 작품 모두 셀린 르루아Céline Leroy가 번역했다. 3부작 마지막 책이 될 『부동산』(가제)Real Estate은 2021년 출간 예정이다.

이예원

문학 번역가. 데버라 리비의 『살림 비용』, 사뮈엘 베케트의 『머피』, 조애나 월시의 『호텔』, 주나 반스의 『나이트우드』, 앨리 스미스의 『호텔 월드』, 제니 페이건의 『파놉티콘』과 그래픽 노블 『빈센트』, 『바늘땀』, 그림책과 어린이책을 한국어로 옮겼고 김숨, 이상우, 천희란의 단편 소설 및 황정은의 『계속해보겠습니다』와 『디디의 우산』(근간)을 영어로 옮겼다.

박민정

1985년 서울에서 태어나 중앙대학교 문예창작과와 대학원 문화연구학과를 졸업했다. 2009년 단편소설 「생시몽 백작의 사생활」로 작품 활동을 시작했고, 소설집 『유령이 신체를 얻을 때』, 『아내들의 학교』, 장편소설 『미스 플라이트』를 펴냈다.